名家小写文集

飞翔的嗥叫

袁姣素 著

图书在版编目（CIP）数据

飞翔的嗥叫 / 袁姣素著 . -- 北京：北京联合出版公司 , 2024. 8. --（名家小写文集）. -- ISBN 978-7-5596-7905-5

Ⅰ . I247.5

中国国家版本馆 CIP 数据核字第 2024F4R512 号

飞翔的嗥叫

作　　者：袁姣素
主　　编：张海君
出 品 人：赵红仕
出版监制：张晓冬
责任编辑：周　杨
特约编辑：和庚方　张　颖
封面设计：立丰天

北京联合出版公司出版
（北京市西城区德外大街 83 号楼 9 层　100088）
三河市同力彩印有限公司印刷　新华书店经销
字数 260 千字　710 毫米 ×1000 毫米　1/16　12 印张
2024 年 8 月第 1 版　2024 年 8 月第 1 次印刷
ISBN 978-7-5596-7905-5
定价：65.00 元

版权所有，侵权必究
未经书面许可，不得以任何方式转载、复制、翻印本书部分或全部内容。
本书若有质量问题，请与本公司图书销售中心联系调换。
电话：17710717619

目 录

走卫星 ·················· 001
暖 冬 ·················· 018
呼叫群主 ················ 033
朱砂痣 ················· 054
回家以后 ················ 069
家务长 ················· 082
云距离 ················· 095
尘纷之间 ················ 112
落日之间 ················ 131
孰对孰错 ················ 150
最后的抉择 ··············· 165

走卫星

一

二癞子在村里喊广播的时候,对河的镇政府的扩音器也在喊:"嗯,啊,各位父老乡亲,注意了啊,嗯嗯,接上面的文件指示,近日将有一试验发射卫星降落在我们这里,具体精确降落地点不详,日期不详……嗯嗯……"喇叭里面传出一阵窸窸窣窣的声音,好像是老鼠在扒谷子……"应该,可能吧,就在这三五日之内,大概范围就在高沙市,请大家做好临时迁移准备。尽量不要滞留在镇内,以免造成财产与人身伤害。"又一阵吱吱啦啦的刺耳的延长音,然后,对河这边的喇叭又在抻长了脖子喊,连续播报几遍,此起彼伏,彼伏此起,吱吱啦啦的,整个上空弥漫着急性咽喉炎的症状。

广播车轮战停了没几分钟,二癞子和翠云就到晚晚家里来了。二癞子说:"晚晚,你是村里头最……最有威信的长辈了,帮……帮我拿个主意,这文件都下来了,我这个书记也……也得带头迁移一下吧?"晚晚说:"还真走呀?"翠云赶紧接腔:"不走不行呀,这卫星可不是闹着玩的,听说有航空母舰那么大呢!怪吓人的,要真是从空中落到我们镇上,整个高沙市还不被毁了!"

二癞子嚷嚷着:"去……去,你个娘们,知道,知道个啥!

没看过电视里面……发射卫星吗？不就一颗……一颗原子弹那么大小嘛。"他鼓起眼睛咽了下口水，又说，"大小倒……倒是不怕，怕的就是它一旦着……地发……发生爆炸可不得了呀，威力比不上原子弹，肯定也……也是一颗炮弹吧？万一运气不好，'嗖——'的一下落到谁家屋顶上了，一家子还……还不死翘翘了……"说着说着，他突然憋着声气朝屋顶上偷偷地瞄了一眼，屋顶上的亮瓦被落叶挡住了亮光，正好一阵风吹过来，那些落叶像燕子一般起身飞走了，漏下来一线细带一样的光亮，光线中悬浮和翻滚着数不清的微尘，正好打在二癞子的左脸上。他的左脸顿时被这道光劈成了两半，一晃一晃的，幽暗而明亮。这时候，他身子居然还真的那么颤了一下，好像卫星真的要落下来了。

"是咧，是咧，那黑白电视机又小，也看不怎么清楚，到处都是雪花点点，哪个晓得那个卫星到底有多大呀？"翠云的眼珠子也朝屋顶上瞄了一眼，用手把衣服掖了一把又一把。

"看看，就你这心理素质还当什么村支书呀？为人不做亏心事，半夜敲门心不惊。你这么慌慌张张的，全村人都盯着你呢，还不乱成一锅粥？"

"晚晚呀，我……也难呢。"

"是啊，昨天，我叔全家就已经坐班车去外地去了，说是过了这几天危险期再回来。"翠云马上把话接了过去，"谁愿意这么折腾呀，没办法，人命关天呢。"

"要走你们走，反正我是不会走的。你们也真是尿得死，一个卫星就把你们吓得屁滚尿流了，真要有什么天灾人祸的，还不钻了牛屁股？俗话说'生死有命富贵在天'，命都在阎王手里攥着，他判笔一勾，你不去报到都不行。但要是你阳寿未尽，你就是去到阴曹地府，他还得让你还阳。"

晚娘正在择菜，把一根黄瓜掰成两截，给二癞子和翠云一人一半，她也附和着老王，说："这话也是有道理的，你们看，前不久村里的陈老五都被装了尸了，大家也都看着他死了的，没有心跳，鼻子也不出气。他硬是在棺材里躺了几天几夜，和尚师父也给他念了经，快要合棺出殡入土了，他又突然从里面坐了起来，你们说怪不怪？"

"吓人呢！"翠云吐了吐舌头。

"是呀，也是他阳寿未尽嘛，阎王又打发他回来了吧。"

"唉，话是这么讲，可这也是真家伙，货真价实的卫星呀，一旦着地爆炸了，可不是过家家的。要是谁运气不好，谁就倒霉。"

"你要是打算盘要我牵这个头，劝你就此打住。我最讨厌背叛祖宗的人，反正我是不走的，要走的我也不拦着，腿都是长在自个身上。哼，我倒要看看这颗卫星到底有没有这么邪！当年走日本都不怕，还怕它？！"晚晚冷笑一声。

二

那个时候王晓荞只有十四五岁，是老王的晚女。其实晓荞排行老二，上面有个姐姐，下面有个弟弟老晚。但老王总对外人说，荞是他的晚女，宝贝得不得了。他也从不喊王晓荞的全名，总开口闭口"荞，荞"的挂在嘴上。喊得久了，家人也都习惯了，外人也习惯了。

荞的样子很甜，惹人怜爱，尤其是眼睛，一双鱼水眼，用城里人的话讲就是"会说话"。老王喜欢用短短硬硬的胡子茬茬去扎她懒豆腐样的小脸蛋，喜欢把手伸到荞的胳肢窝里挠痒痒。那个黏乎劲，不知道该用什么词形容才好。荞的姆妈总说，真是前世欠的。对的，就是乡下人喜欢挂在嘴巴子上的"前世"。荞是被他用胡须扎着长大的。

也是怪，荞喊老王"晚晚"，喊老王老婆"晚娘"，不像别人那样洋气点的喊"爸爸""妈妈"，土一点的喊"爹爹""姆妈"。王晓荞一生下来就体弱多病，几近夭折。八字先生说，荞的八字太大了，命里与她父亲相冲，为了避免这个，荞不能直接喊爸爸，得改口。那喊什么呢？八字先生说，喊晚晚吧。"晚晚"是族里的辈分，跟父亲同一个班辈的，是父辈兄弟里最小的一个。荞开口闭口喊"晚晚"，慢慢地，大家也都跟着荞喊老王"晚晚"。喊老王老婆"晚娘"。

晚晚天生就对音乐敏感，还会自己填词谱曲，有艺术细胞，什么乐器到他手里，他摸个几天就会摆弄，练个把月就能滚瓜烂熟。他会拉二胡、金胡，会吹唢呐、笛子、口琴，会弹秦琴、土琵琶、三弦。这东西还真是天赋管着的，很多人也跟老王学，可学多久都没有老王弹得天花乱坠，拉得炉火纯青。那些乐器好像天生就是老王手里的菜，老王怎么摆弄，都服服帖帖的，就跟他家里养的小黄一样，只要他招呼一声，小黄就乖乖地坐在他脚边，听他发号施令。

那个时候荞还没有跷跷板坐，晚晚的二郎腿就是荞的跷跷板。荞随着他的脚一上一下，怡然自乐，大多数时候是抱着他的腿肚子睡着的。晚晚也不抱她到床上去睡，就把腿轻轻地放下来，然后开始弹琴。

荞最爱听的是秦琴，土话叫作蹦蹦琴。三根弦下面的琴皮是蛇皮做的，据说是那种身上鳞甲很硬的大毒蛇或者蟒蛇的皮做的。弹出的声音特别响亮、清脆，真可谓余音绕梁三日不绝，在院子里弹琴，整个村子都能听见琴声。有时候，晚晚兴致一来，拉条长板凳一坐，一曲《高山流水》，接着一曲《天仙配》，再接着是《赛马》……双目微闭，身子微颤，时急时缓地扭动，把弦的左手蛇一样灵活自如，忽上忽下，右手如簧撩拨，刚柔并济，脚板也配合着全身的节奏打着拍子。琴声一停，鸦雀无声，晚晚睁眼一看，不得了，屋门口圈满了人，如痴如醉，意犹未尽。等大家回过神来，口哨声此起彼伏，大家闹着喊着要晚晚再来一曲。晚晚嘿嘿地笑着，向大家摆手示意，说："都回吧，都回吧，该做饭了，伢子们该饿了呢。"

三

　　高沙明明是个镇，可这里的人却偏偏要叫作高沙市。也怪不得，这个镇本来就是个重镇，历史色彩浓郁，自古以来就是最热闹的地方，每逢节日镇上人声鼎沸，水泄不通。镇最初的名称叫高沙市，秦汉时建街，唐宋时称市，明清时臻于鼎盛，享有"五里长街，烟景繁华"的"小南京"美称。

　　塘湾村就是这个镇里最大的村，也是大多数人富裕起来的地方，跟高沙市就一河之隔。二癞子就是这个村里响当当的人物。他的叔叔是高沙市的党委书记，村支部书记当然非二癞子莫属了。当然，所谓的民主投票还是要过一过的，没有规矩不成方圆嘛。

　　二癞子除了口吃得厉害，其他方面都还是蛮聪明的，做事也还明白畅晓。他长得五大三粗，一副癞子样。之所以喊他二癞子，是因为他在家里排行老二，小时候皮得很，老喜欢跟小燕子过不去，喜欢去掏燕子窝，大人们喊都喊不住，就吓唬他说，燕子窝是掏不得的。那要是掏了呢？掏了头上就会长癞子。他还是不听劝，大家就都喊他二癞子。他的老婆翠云是村里长得最光鲜、最水灵的媳妇了，真的是他行了狗屎运，活生生地把一朵鲜花插在了牛粪上。翠云不但长得乖态，嘴巴子也乖，在路上遇见谁都喊，语气甜腻腻的，叔呀，吃饭了吗？婶婶，你这衣服挑得真好，耐看，还耐脏，在哪里买的？说得人额头上全是蜂糖。老话说得好，嘴巴甜当得钱，嘴巴尖翻上天。翠云就是这样的人物，在塘湾村媳妇里面算个厉害的角色。

　　翠云最喜欢往晚晚家里拱，喜欢听晚晚弹琴，喜欢跟晚娘家长里短，嚼舌根。

　　这不，走卫星回来后，听说荞被晚晚打得半死，还真有点不敢相信。要知道，荞是晚晚的心肝宝贝呢，怎么这次就舍得往死里打了？

翠云炖了一锅鸡汤，还加了不少的补药在里面，香喷喷的，她趁热端到晚晚家里去。还没有进屋，翠云就闻到一股苦苦的中药味，晚娘正在外面的屋檐下守着一个火炉子，热气腾腾的，像在篜包子。药罐正在汩汩地冒着气泡，还不时地溢出来，流在红通通的边沿上发出吱吱的声音。天气真热，屋门口的树叶都纹丝不动，人在屋里坐着不动也汗流浃背。晚娘拿着把蒲扇一边扇风，一边往屋处张望。

"晚娘，望哪个呢？快来接一下。"翠云喊。

"哦，看你晚晚回来了没，一大早被村里叫去开这次走卫星的总结会去了，到这时候了还不见人影，你这是端的么子？"

"鸡汤呀，听说荠这次伤得不轻呀？"

"是咧，这次走卫星跟同学出去了七天，一进屋就被她晚晚打得半死，用皮带子抽得全身乌青乌青的，加上天气热，在外面中了暑，一回来就发烧了。"

"大家都走卫星了呀，干吗要打她呀。我去看看这丫头。"

"别进去了，荠刚刚睡了。一身的伤，还在发烧，打针吃药都不管用，都已经几天了，高烧低烧连着来，真是邪乎了，这烧就这么难退。也许是她晚晚从来没有这样打过她，心里难受吧。所以这烧也难得退下来。"晚娘把鸡汤端进屋里，又带了条四四方方的矮木板凳给翠云。翠云一屁股坐上去，一边嗑南瓜子，一边说："是的呢，也怪不得晚晚着急上火，这次走卫星发生太多的事情了。顺子带着媳妇一起出去的，结果回来的时候就剩下他一个人回来了，他媳妇都已经八个月的肚子了呢，怪可怜的。听说在车上动了胎气，早产了，大出血，还没送到医院人就已经冷了，一尸两命呀！"

"是咧，"晚娘叹了口气，"也怪不得他打荠，荠跟我说只去同学那里玩三天的，结果去了七天，连个电话都不打。走卫星的都回来了，就她拖到现在才回来。你晚晚看到走卫星的人回来，什么车祸呀，细伢子溺水呀，连被自家的板车撞到的都有，死死伤伤的。他都急得死，七天时间，什么东西都吃不进去，夜里都是睁着眼睛睡觉，整个人都瘦了一圈，像是得了一场大病。他不仅担心荞，看到乡亲们一个个地损失更是心痛呀，荞是鸡肚子不晓得鸭肚子事呢！"

"也是，荞没有回来，晚晚哪里吃得下睡得香嘛，从小到大，荞就没有离开过你们，晚晚这几天不晓得怎么熬过来的呢！这世道，有些事情还真是说不好，有时候好端端的一个人说没就没了，真的是天有不测风云呀！这次走卫星回来后，村里统计了人数，本来是活生生的人，回来后就无端端地少了好几个呢。所以荞出去几天没有音讯，晚晚肯定是急得不得了。他那么喜欢荞，全村人都知道荞是晚晚的宝贝疙瘩呢。加上这次出去躲卫星谁也不听他的劝，造成了这么多的意外损失，他心里不晓得怎么痛呢。唉，想想都不敢相信，真像是做梦一样。"

"要真是场梦就好了，梦醒了什么都还在……"

天空很蓝，蓝得澄澈。大地沉静，被阳光烤得金黄金黄，散发出米汤和锅巴烤焦的香味。

荞在里屋躺在床上，其实并没有完全睡着，她迷迷糊糊地听到晚娘和翠云叽叽喳喳地说着走卫星那几天发生的事情，恍如梦境……

四

晚上的时候，塘湾村家家户户灯火通明，白天的广播似乎还在屋檐顶上雷一样滚来滚去。都到半夜了，所有的屋子都没有熄灯，都顽强地挺着，谁也不愿意第一个把亮拉熄。所有的人都在床上辗转反侧，木床发出吱嘎吱嘎的响声，冷不丁一听，还以为是谁推开了谁家的房门。晚娘把一根红蜡烛插到神龛的香案上，双手合十，嘴巴里面念念有声：祖宗保佑！祖宗保佑呀！保佑高沙市！保佑塘湾村！她弓起脊背正准备来个九十度的阿弥陀佛，就听见急遽的敲门声。她赶紧去打开门，只见翠云气喘吁吁的，跑得满脸通红，上气不接下气地说："不得了，不得了，村西头的六爹爹刚刚去了。"晚娘说："去哪里了？"

"唉，是那个去了。"晚晚接了声气说，"他怎么就去了呢？平时不见他好好的吗？"

"是这样子。他家里的人在讨论明天走卫星的去留问题，说他年纪太大了，都八十多岁了，又有高血压，怕他在路上受累，要他在家里照顾家里的牲畜。老头子不依，说离不开孙子，一天看不到孙子在身边，就像是猫被拔了须了。家里人做他的工作做不通，他儿子就骂了声老不死的，好人命不长，丑人占地方。六爹爹白眼珠一翻，腿一伸就这么去了。"

"啊，怎么会这样呀！"晚娘捂着嘴巴，有点不敢相信。

"是咧，太突然了。应该是心脏方面有问题，或者是脑溢血之类的毛病，不然不会去得这么快。"

"那他们家赶紧当大事呀！"

"当什么大事，他们家里人说去了也好，去得轻松，没有欠一天床债，真是前世修来的福。也省去了走卫星的麻烦，他们说等走卫星回来再给他送葬。"

"遭天谴呢！真的是家里出报应了。我倒要去问问他家里人。"晚晚义愤填膺。晚娘也说："走，去看看。"

他们一起急急地走到六爹爹家门口，堂屋门开着，六爹爹直挺挺地躺在一张木板上。没有惊天动地的哭声，他家里人都在忙得团团转地收拾东西。晚晚冷着脸，大喝一声："你们都停下，都在搞么子?！家里老了人，该哭的要哭，该烧纸的去烧纸，六爹爹尸骨未寒，你们也真是做得出来呀！"

这一家人看到晚晚突然出现，都愣住了。六爹爹的儿子说："没有办法，明天就要走卫星去了，没有时间管这档子事了。"

"真是不肖子孙！死者为大，走卫星算哪门子事呢？那个时候六爹爹走日本都不怕，你们这些不肖子孙倒好，一个卫星就让你们都做了怕死鬼。"

"政府都下通知了，你还管得着吗？再说了，活人重要还是死人重要？"

"六爹爹上辈子造了什么孽了，生出你这个杂种来。"

"你骂什么人？这是我屋里的事，关你卵事？"

"我真要替六爹爹刷你几个耳巴子！打掉你的六分屎气。"晚晚说着就挽起袖管。晚娘和翠云赶紧拉着晚晚。

正在大家推推搡搡的时候，突然塘湾村所有的灯都灭了，整个村子立即变得死气沉沉，一片漆黑。这个时候所有的声音和动作都停住了，好像被孙悟空施了定身法。只有庄稼地里的虫子在不知死活地啾啾着，一种令人毛骨悚然的安静笼罩在塘湾村的上空。躺在床上的人都不敢再作死地翻身，一双双眼珠子在黑暗中滴溜溜地乱转，猫头鹰一样盯着天花板，大气都不敢喘一口，耳朵兔子一样竖得尖尖的，生怕接收不到信号。全身的神经都绷得紧紧的，做着随时弹簧一样射出去的准备。好像那颗传说中的卫星随时会从空中突然降落下来，在高沙市开花，在塘湾村开花，把这里炸得人仰马翻，灰飞烟灭。突然，一阵清脆的声响从院子中间传来，在这丝丝分明的安静中显得特别响亮与清晰。所有的人同时把心提到了嗓子眼上，一动不动。在这几乎凝滞的黑暗中，有人大脑飞速地运转着；有人僵硬着身躯把拳头塞进嘴巴；有人一脸的迷惑，懵懵懂懂不知所以；有人用手捂着耳朵，把头缩进被窝。在这几乎要让人崩溃的瞬间，一个巴掌清脆的声响再次响起，一个男人粗暴的呵斥声传来："撞到鬼吗？慌里慌张地干么子，老祖宗传下来的青花瓶都被你打碎了，你爷爷说这个老古董都传下来几代人了，是家里的宝贝呢。""哇——"的一声嘹亮的哭声划开了夜空中浓浓的黑暗，几乎所有的人都长长地舒了口气，一下子把身体柔软下去。

不知是谁家用火柴点燃了蜡烛，"吱——"的一声燃起微弱的光亮。唉，真是屋漏偏逢连夜雨呀，这个时候都停电。有人在黑暗中摸索着，咕咕噜噜自言自语着。院子里的狗又开始吠起来，塘湾村的夜空飘忽着点点跳跃的光亮，虚幻而迷惘，像个被放了蛊的病人。

"晚晚，我们走吧。我也出来得急，没带手电筒呢。"翠云在暗处打了个冷战，挽着晚娘的胳膊不知所措。"唉，走吧，"晚晚叹息着，"这年头，好事也做不得呀，皇帝不急太监急，真的是人死如灯灭呀！"

五

塘湾村就是一个岛，要想去到对面的镇上去，必须坐船渡过去。河水自西向东哗哗地流淌，清澈见底，浅一些的地方，还能看到下面水草葳蕤，鱼虾来来往往。河面有一百多米宽，挨近对面码头的地方河水最深。

为了方便大家去对河买卖、细伢子读书，村里出钱造了条大渡船，可同时乘坐一二十人过河。摆渡的是个独眼老人，以捕鱼和摆渡为生，喜欢喝米酒，甲醛中毒得厉害，最后视网膜被破坏，导致失明。他水性极好，是这条河上的独行侠，大家都喊他独眼龙。

这几天，独眼龙忙得要死。要过河的人一长串，一天从早到晚不歇竿。刚好又是夏天，天气热得不行，人稍微一动就挥汗如雨。

村里几乎所有人都倾巢出动，连家畜都赶出来了。码头两岸人声鼎沸，熙熙攘攘，好不热闹，连过年都没有这种阵势，只看见黑压压的一溜脑袋。

晚娘在码头边上的柳树林里担了担凉粉卖，一毛钱一碗，舀得飞快，一会儿就卖完了一桶。这边等船过来的间隙，大家就围着晚娘的凉粉桶。这鬼天气，太热了哦，不小心还真得中了暑，走个卫星还中暑，要喝十滴水，刮痧就不划算了。哈哈，刮痧就了不起了呀，总比命都没了强吧？这个把衣衫一脱，用手拧出脏脏的水来，也打个哈哈，老花猫打瞌睡——当不得死。管那么多干吗,还是喝碗凉粉爽快。多放点醋,口不干些。乡亲们麻雀一样叽叽喳喳,飞来飞去。他们喝了凉粉嘴巴一抹,就飞起脚来去赶渡船去了,有些婶婶还转身回来跟她说一声:"你呀,村里人都走光了,你还在这里卖凉粉,真是个财癫。赶紧收拾家里走人吧。"

"不管呢,你们走吧。我是公不离婆,秤不离砣,老王不走,我也不走。"

"那你家老王呢?你把他带到渡口来看看这架势,我就不信他真不走。"

"我在这里卖了三担凉粉了,他给我送来了三次。乡亲们也劝过他,谁劝他就骂谁,他脾气犟,就是不肯离开这个屁股大的窝。"

"那他窝在家里干吗?"

"他在家里弹琴呢。"

"真是服了你们了,都火烧眉毛了,一个还在卖凉粉,一个还有闲心弹琴。"

讲着讲着,独眼龙在船尾扯着嗓子喊:"还有上船的患难夫妻?我要开船了。"那个婶婶的爷们就骂骂咧咧地过来了:"你个抹桌布(黄脸婆的意思),还在这里慢腾腾地干么子?真的是头发长见识短,没见过发苦难财的吧?人家是要捞笔票子,最后一批才走的。都是聪明人,哪个像你蠢得死。"

"就你聪明!一毛钱一碗的凉粉叫作捞票子?!"她一边急急地赶脚,一边撩起衣襟擦着眼睛,走了几步,又折身回来,对晚娘说,"论辈分,你得喊我婶,听婶一句劝,你们两个老的不走,家里的细伢子一定得安排好了。要知道你家老幺是老王家的三代单传,还要靠他延续香火的呢!"

"婶婶放心,我背着老王把老幺打发到县城他外公家了。荞也跟同学出去了,家里就剩我们两个。"

"那要得,那要得。家里就靠你们两个打招呼了呢。"

晚晚仍然在家里弹琴，整个塘湾村的脚板都在响，咚咚地在院子里来来去去，匆匆忙忙，尘土飞扬。就连狗好像也觉察出了这些天的不寻常，在院子里飞快地跑来跑去，追逐着自家的主人奔跑，跑到渡口，主人又把它打发回去守屋。几岁大的小主人用手摸摸它的脑袋，还朝着它灰色的鼻子尖尖亲一下，用头蹭着它的头，搂着狗的脖子，叮嘱着："乖花花，回家守屋去，我们都走了，怕屋里进去贼牯子呢。"狗也听话，就一步三回头地赶回去守屋，依依不舍，蹲在自家屋门口狂吠，歇斯底里地发泄着。

晚晚弹的《梁祝》《江河水》婉转缠绵，悲愤难忍，此刻却不能挽留乡亲们哪怕一秒钟的停留，晚晚的屋门口空空荡荡的，一只蝉在高高的椿树上喊破了喉咙，配合着晚晚的琴声。此刻，整个村子都是狗吠、蝉鸣、琴音，不绝入耳。不知谁家里收拾的时候不小心，摔碎了一地的碗碟，又发出"砰砰"的、四散开去的声响……

六

走卫星的第二天，渡口仍然热闹非凡。晚娘仍然摆了担凉粉在卖，她拿了把蒲扇摇着，衣襟前面一片濡湿。她站在柳树叶的蓬蓬间，遮着阴，一会儿用手搭下凉棚，看又过去了一船人，码头这边马上又挤满了老老少少、男男女女，阵容浩荡。

她发现这天过河的，不光是人，还有家里养的牲畜，也一船一船地渡过河去。公鸡不停地打着鸣，鸭子也不甘示弱地嘎嘎地欢叫着，还有笨重的灰嘴巴红嘴巴的鹅。有些鸡脚鸭脚没拴牢的，扑腾一下，鸡鸭就撒腿跑开了，大家都在圈着围着帮忙捉，搞得鸡飞狗跳，好不热闹。

独眼龙送了一拨又一拨的人和家畜过去，待他掉过头到对岸接下一趟的时候，就傻眼了。

陈老五的儿子和媳妇赶着一头几百斤重的老母猪过来了，走路一摇一晃的,那老母猪肚子下面的一排奶子格外醒目,也跟着一晃一晃的。他们一边用笤帚为老母猪开道,一边嘴巴里嘟囔着:"我的祖宗,你听话些好吗?别乱跑,肚子里还有一肚子的毛毛呢。"然后又大声喊一嗓子,"大家让让哈,要生了呢!"要上船的时候,独眼龙说:"你们也真会弄,这么重的猪能上来吗?你说还怀了一肚子的毛毛?就不担心会返死吗?"

"不会的,不会的,出来的时候特意在猪栏边报了返(报返即保胎)的。"

"要上来,就随你,出了事莫怪我就行。"

"不怪的,不怪的。"

船上的人议论纷纷,"到底是人重要还是猪重要呀?""大又大的,占地方,船本来就小,还跟着凑多,人都装不赢了。""是啊,是啊,谁家里没养着头畜生呀,要都赶出来跟人一起逃命,那这船还要不要过呀!"独眼龙就插了句:"算了,算了,赶都赶来了,还叫人家再赶回去呀,就这一次,下不为例呀。不然的话,我就不送你们过河去了。"于是,在大家的帮助下,老母猪也上了船,挤在一船人中间,臭气烘烘的。过河的时候,它还算听话,只是用个长长的潲水嘴巴拱这个的裤管,拱那个的肚子。嘴巴里面哼哼唧唧地,不知道在哼些么子。到河中心的时候,有人开始说笑话,笑话的内容当然离不开这头老母猪。他问道:"我们一辈子跟牛跟猪打交道,谁家里牛栏里面不拴着头犁田的牛?谁家里没养着头年猪或者用来生崽的猪娘?可是你们知道猪娘肚子上有多少个奶头吗?"大家一时轰闹开了,七嘴八舌,有人说是二十四个,两排。有人说二十一个,两排各十个,屁股位置中间还有一个。争来争去,没个准头,大家就笑,这不有现成的嘛,数数不就知道了。大家这么一闹,真有人蹲下去数,这时候船也开始不稳当了,里面的人和猪一错了位置,船身就摇摆起来,东晃一下西晃一下,然后还晃进来了水。这猪见水进来了突然惊慌起来,躁动不安,结果船就在大家的惊呼中沉没了,猪和人都在河里扑腾着。

独眼龙喊着:"会游泳的赶紧捞人呀!"那些会游泳的猛地清醒过来,在河里扑腾着,一个拉着一个,游向岸去。陈老五的儿子拉着媳妇上了对岸,甩着一头的水珠子捶胸顿足地哭开了:"我的猪娘呀!我的祖宗老子呀!一肚子的猪崽崽用来给孩子交学费的呀!"

独眼龙就说:"还好,还好,幸亏这一船人会游泳的多,没出人命就好。猪没了没关系,还可以再养的,早跟你们说开了的呀,莫怨我。"

"你就是张乌鸦嘴呢,还没上船就尽说晦气话。"

"都莫埋怨了,看来还是这卫星的煞气大呀!"

"嗯哪,煞气真重呢,都莫讲了,赶紧走人吧!"大家你一句我一句地,哆嗦着身子,在这明晃晃的阳光下全身冒着鸡皮疙瘩,似乎每个人的头顶上都罩着寒气,冷飕飕的。

晚娘在对岸看着落汤鸡样的人群,摇着头叹息一声,唉,这卫星走的……

七

第三天的时候,晚晚的琴声越发地凄凉和响亮。他弹着荞最爱听的蹦蹦琴,声音时而铿锵,时而呜咽……

乡亲们挑着,背着,两手不空,连平时淘气得死的伢子们都乖乖地牵着大人们的衣角,生怕一不小心就跟大人走丢了。他们忙忙碌碌地赶到码头去,蒙着脑壳赶路,风一样窜来窜去,像一只只没头没脑的苍蝇。晚晚弹一曲《将军令》,又弹一曲《十面埋伏》,雨点般急遽地落在他们急急忙忙的脚跟上。塘湾村的上空因晚晚的琴声而充斥着一种凄婉悲凉的味道,连被火辣辣的太阳炙烤得滚烫的大地此刻也变得阴凉而忧郁,那声音如诉如泣,缠绵悱恻,凄婉哀怨……

晚娘仍然在码头的柳树林里卖凉粉，柳树细长的叶片簇拥成荫，但仍有细碎的阳光漏下来，落在她淡青色的确良衬衣上，星星点点，像一群提着灯笼的萤火虫，一闪一闪的，流动着金色的光亮。

独眼龙矫健地在河上来来去去，他划着村里另外的那条渡船，河风鼓满了他的衣裳，像一只大鹏。等船的人照旧要喝一碗凉粉，嚷嚷着要多放点醋，给晚娘留下一角钱急急地离去。

下午的时候，二癞子和翠云一家子急急地赶过来了，船快要开的时候，晚娘喊着独眼龙等一下，二癞子的爷爷在后头呢。翠云回头一看，果然，八十多岁的老人拄着拐杖正颤巍巍地赶呢！哎呀，不得了，不是交代好了吗？爷爷留在家里看家吗？怎么也跟着出来了呀？船上立马一阵骚动，大家叽叽喳喳的，说什么的都有："怎么只顾着自己逃命呢？要出去一家子都出去，不然就都留在家里，把老人一个人孤苦伶仃地扔在家里怎么行？""是啊，是啊，要是卫星落下来，他老人家跑也跑不掉呀。莫要像六爹爹一样呢，急出好歹来就不好了。"翠云还没有张嘴，脸就红得像天上的晚霞，她急急地说："哎呀，你们是不知道呢，我爷爷身上有几种病，医生说不可以跟着我们这样舟车劳顿，只可以在家里静养。"

翠云一边说着一边跑过去搀扶爷爷，老人家颤巍巍地拉着翠云的手老泪纵横，说："傻瓜，我都是快要进土的人了，我不会去走什么卫星，我也不想离开住了几十年的老屋，你们年轻人能好好地活着比什么都好，我是来给你们送行的，舍不得你们呀！"翠云扶着爷爷到晚娘的身边，说："晚娘，我爷爷身体不好，家里就烦请你多多照应了。在你灶上搭把火，给他送下饭菜行吗？回来我再算伙食费给你。"晚娘说："要得，要得，你放心。要么子伙食费咯，乡里乡亲的。"

船上的人听了，这个喊着："晚娘，你记得帮我家的牛扔把草呢！"那个又叫起来："晚娘，你帮我家的猪把一下食呀，隔三岔五地去看看，别饿死它就行。"又有人大喊着："晚娘你别听他们的，你和晚晚也要走卫星呢，别这样拧，把命稀里糊涂地搭上了不合算呢……"大家七嘴八舌，大呼小叫，个个泪眼婆娑。晚娘向大家挥手告别，好像真的是要永别一样，大家莫名其妙地悲伤，莫名其妙地失声痛哭……

塘湾村空了，高沙市也空了，整个天空都空空荡荡的，只有晚晚的琴声还在填充着这令人心酸的空。

八

塘湾村和镇政府的广播再次轮流响起的时候，是在三天之后。照样是吱吱啦啦的杂音断断续续，此起彼伏，空气中振荡着一只鸭公样嗓音的气流，像个要死不生的怪物，刚刚从阴曹地府返阳。

广播里播报着卫星残骸坠落的地点，在离镇里六七里外的荒地上，大约有十几米长的钢片，试验发射成功，降落成功，在发射与坠落的过程中无一伤亡。然后又总结着走卫星这几天在路途中人员意外伤亡事故，老人死伤多少，小孩死伤多少，孕妇早产难产和死亡多少，家畜损失多少……所有的人都在尖起耳朵听，所有的人都不说话，所有的人眼神呆滞，恍若隔世。好像这些都是在电视里发生的故事，属于中央一台的新闻播报，跟高沙市无关，跟塘湾村无关。

天空仍旧很蓝，蓝宝石一样，蓝得令人流泪。不知从什么时候起，晚晚的琴声又飘荡在村庄的上空，所有的人又尖起耳朵听，竟是一曲《沧海一声笑》。有人跟着曲子轻唱起来：

  沧海一声笑
  滔滔两岸潮
  浮沉随浪只记今朝

苍天笑
纷纷世上潮
…………

　　荞醒过来的时候,窗外正阳光明媚,光线充足。
　　一群瓦灰与棕色相间的麻雀从窗外飞过,它们的脑袋蓬松,兀自在对岸的高架线上起起落落,叽叽喳喳,谈笑风生。风吹起它们的羽毛,像一把竖琴,天空到处都是翅膀的声音。

暖 冬

一

这是一个不寻常的冬天。

整整一个冬天,没有落雪,就连早上起来,也很难见到枯草地上的茫茫一片白。与往年的冰天雪地比,好像还是十月小阳春,根本看不到往年在屁股后提着个木火箱走来走去的老人。那些掉光了牙的老人,脸上都流溢着灿烂的光,像一朵朵盛开的菊花。

有人,无所事事地在空旷的田野里闲逛;有人,在院子里无由地发呆,看狗打架;有人,就站在不远处,把日子想得不切实际,很遥远。

时令眼看就要立春了,阳光晒在每个人身上,暖烘烘的。暖冬下,有几个回来过年的男人都往外走,一不小心地显露出自己的烦躁和不安。不知是谁先说了一句:天,如今也反常了。看来,要出事。

女人像往常一样,推开那扇咯吱咯吱的破木门,眼神却显得呆滞无光。她切了一筛子的萝卜干放到太阳下晒,一片片地摆在干净的石头上,白得令人晃眼。那些萝卜干是她在青黄不接的季节里准备过渡的,所以她的每个动作都很专注,生怕漏掉了一片。然而令人惊讶的是,她今天全身缟素,从头到脚都是白的,白惨惨的,让人感觉在这暖阳之中增添了一丝莫名的恐怖和刻骨的寒意。村里的老太太们一个跟着一个，颤巍巍地走进了女人的家，一个比一个恐慌，一个比一个悲痛：天哪，怎么啦？天哪，怎么会？天哪，怎么能这样？……

前几天，大伙儿还看到二爷在这里有说有笑着呢？！人呀，说没就没了，说走就走了。

女人愣怔怔的，伸手去抹自己的双眼，两行浊泪肆意地冲刷着她不干净的脸。她脸上留下的一排烟灰手指印，被泪水浸泡后，脸更是花得不像样，像刚刚从窑里走出来一样，与她的一身白极不协调，很是打眼。

"怎么不安喇叭放个哀乐？人装殓了没有啊？"七嘴八舌的声音让这个村庄瞬间镀上了一层神秘和寒意。

"哪里啊，二爷到医院不到一个星期就不行了。二爷死了后，当天就被儿子送去火化了，要她陪着骨灰盒回来了。"

这不，家里的神龛上，正摆着二爷的骨灰盒呢。

"真不像话！太不像话！他儿子怎么不见回来给老子送终啊？！"

这下，村子像发生了地震，院子里简直就炸开了锅！

咦，哪能开这种玩笑？哪能这样忤逆不孝？

二爷就这样不见了，一个高高大大的汉子，如今就憩息在这方方正正的小木盒里。才走过六十五个春秋，人们一时不敢相信那个活生生的二爷真的从这个世界上消失了，更不敢相信他现在就蹲在自家的神龛上，没有一点动静。这也真的是命，二爷给人装殓了这么多年，轮到自己了，却没有给他装殓的机会。

村里的家务长对此事极为愤慨，也极为无奈。二爷的儿子不懂道理，不打照面，不知踪影，无法找寻。二爷本来有两个儿子的，大儿子在十六岁下海做苦力时从高楼失足摔死了。女人是后娘，二爷的儿子从不把这个后娘当娘，跟别人一样，最多说那个女人，正面见着，也不抬眼，高兴时"喂"一声，已算是给了天大的面子了。

有人说二爷的儿子不仅嫌这个女人邋遢，更嫌这个女人污了他家祖先。大伙晓得，这个女人是二爷从"迎春店"用一篓鱼换回家过日子的。

二爷喜欢鱼，更喜欢这个女人。他和这个女人相依为命近三十载，凄风苦雨，也是焐热着日子一路走过来了。

现如今，如何是好？如何是好呢？但是，但是，吹吹打打送二爷入土为安是最为重要的。但是吹吹打打，总要破费的，而且二爷的儿子没露脸，一切都是空话。

几个上辈分的老人骂骂咧咧，骂二爷的儿子根本就是个砍脑壳的家伙，出报应喽，莫在这一带带坏后辈的细伢子，败坏祖上门风！

二

二爷的小儿子在外面打工也是发达了的，听说娶了个老婆在外面成了家，还买了精装房，过得像个城里人。不知道是什么原因，却很少回来看二爷他们老两口。他结婚时，二爷老两口还给他包了个两万元的大红包，那是他们老两口的全部积蓄。在他们做了爷爷奶奶后，女人还去了二爷儿子那里给他媳妇帮忙带了三个月的嫩娃娃。

后来，女人不声不响回来了，回来后尽管常爱找人说起城里的孙子，说起城里的好，却从不说起二爷的儿子和他的妻子。没有人知道，女人在城里怎么样；也没有人知道，女人的心里受了怎样的伤害。

那时，女人还是像往常一样，因为那时还有二爷。

现在，没有了二爷的女人，一夜之间就不像女人了。那没有了二爷的老屋，也失却了一屋生气。村里的老老少少都不敢经过二爷的家门，那古老破旧的屋子里，一眼望去，黑洞洞的，竟从里面透出一股寒森森的阴风，令人毛骨悚然。乡下人崇信鬼神，晓得他家里摆着一个人的骨灰，总觉得那人的阴魂不散，会在晚上出来寻替死鬼，所以晚上一般都是不从他家门口路过的。即使白天经过，也都提心吊胆地走得极快，像鱼一样溜走。

女人还是日日从那间阴森森的屋子里进进出出，忙上忙下。有时，还在二爷的骨灰盒前面摆上他平时最爱喝的烧酒，絮絮叨叨地说一大堆让人听不懂、摸不着头脑的话。

七天之后，女人脱去缟素，又像往常一样在她的屋前屋后倒腾着她从外面捡回来的垃圾，从里面把矿泉水瓶和纸盒之类的分开，挑着这些乱七八糟的破烂去废品回收站换成一元一元的小票。女人开始了没有二爷呵护的日子。

慢慢地，大伙忘记了二爷的儿子，忘记了二爷，却时时记得这个有些邋遢的女人。没有二爷的女人，一下子好像老去许多，一下子好像消瘦了许多。

后来，有村邻自发地把一些旧衣物送给女人，家里有什么多余的口粮也给她分一点送去。每回，女人总是嘿嘿地笑着，用那双被柴火熏得乌黑的手捧着，嘴里一个劲儿地说着：够了，够了呢，我不饿，我饿不死呢……

女人是真的老了，那满脸横爬的纹路深深地刻在她曾经俊俏的脸上，一层黝黑的皮松弛下来，脖子上凸出一根根的青筋，像一条条蚯蚓，爬满她贫瘠的身上。看着她每天挑着破烂在院里转悠，大伙又想起了二爷。

三

二爷在家里排行老二，小时候因为家里穷没有读多少书，但是生性豪爽，嗜酒如命，说话天上地下的不着边际，于是大家给了他个尊号"二爷"。村里不论男女老少都喊他二爷。

二爷的命不好，中年丧妻，两个儿子都由他独自抚养成人。大儿子因为家里实在太拮据，就自告奋勇地提出辍学下海去捞钱，没想到还不到一年就出了意外，从楼上掉下来，钱没砸到手，人却砸死了。小儿子坚持读完了高中，却榜上无名。二爷也只不过两三天郁悒，醒来时他仍旧每天喝一斤烧酒，说话的声音依然铜锣一般。

那些年，寒冷的冬天里，他喝着喜爱的烧酒，哼唱起小调，自己慢慢地就拥有了一身的温暖。

大队见他生活艰辛，就让他在村里和城镇相连的那条寒沙河上摆渡。把这边要过河的人送到对岸，回来的人在那边喊一嗓子，他又把渡船摇过去接过来，大队部每月给他一些钱度日。这样的日子没有多久，政府又在这条河上架起了一座桥，以便两岸的人交通方便。大伙自是感觉方便多了，经济也跟着活跃起来，可是，二爷却不声不响失业了。

有了桥，交通便利了，一些乡亲开始做起了买卖。有些人，不再三伏天地背着打谷机大汗淋漓地喘着粗气，摇身一变成为商人，当起老板，挣着大把大把的钞票，富得流油。发达了的，都发展到对岸搞铺子去了，成为地地道道的商户。二爷虽然高大魁梧，力气也大，但脑袋却不活泛，他不会来事。他更喜欢捕鱼，喜欢在水里讨生活。他水性很好，一个猛子扎下去，出来时像鸭子似的抖动着头上的水。此后，不管春夏秋冬，他总能从那条河里逮到大大小小的活鱼上来，然后提到街市上卖掉，日子如鱼得水。

小儿子高中毕业后，闲着无事，喜欢在那屋里听录音机里的流行歌。他不喜欢说话，即使在路上碰见村里的熟人或者长辈，他也目不斜视，昂头挺胸而过，好像这些人不属于他的世界，他不屑于跟他们打成一片。

二爷却不是这样的人，他老少搭三帮，跟小孩也划得来。大冬天的，他喝了一壶烧酒，暖暖身子就到那河里折腾去了。没搞一晌午，二爷准能捞到一些下酒菜，大的拿去卖掉，剩下的小鱼小虾，就分给一些在路上碰到的乡里村邻。有些细伢子嫌冷，不想用手去拎，他就张大嘴巴用力地往细伢子的手心里呵上一口气,连说:不冷吧,不冷了呢。二爷嘴巴里浓浓的酒气喷到他们的脸上,再不拿,他就追着往他们的胳肢窝里挠痒痒,细伢子忍不住发出清脆的笑声,拎着鱼,像一条鱼一样,消失在山路上,消失在快乐的海洋里。

  小儿子在家里游手好闲了一阵,就打点行李也下海捞生活去了。剩下二爷一个人,二爷也还是那样打鱼喝酒,喝酒打鱼,冬天也不例外。那些年的冬天,冷得人打哆嗦,二爷却没事人一样。二爷的冬天,是火热的冬天。二爷的冬天,是有希望的冬天。也就是在一个冬天里,二爷买回一台黑白电视机。二爷说,电视机上的雪花点点,是他的鱼儿。他是用好多好多的鱼儿换回了这些雪花点点,换回了这台宝贝电视机。

  那时,整个村里也就两台黑白电视机,二爷感觉自己雄气了一回。晚上,他把电视机搬到外面拉长了天线,村里的老老少少早把地里的活儿忙完了,拿上自家的小板凳早早地去二爷老屋前占个好位置。那排场和架势老大了,里三层外三层的,黑压压的一片,头上顶着皎洁的月光,一些小媳妇还带着零嘴吧嗒吧嗒着嘴。相距较远的乡邻,也会抢着在节目开播的时候赶到场,一到放广告的时间,才舍得离开一下去外头的地里解手,那上瘾劲儿,不得了。二爷总是乐呵呵地笑,直到节目放完了大家相继离去,二爷就会拿着手电筒给乡亲们照明,嘴里喊着:当心呢,慢慢走,明天再来呀。

  时间久了,家家都买了电视,门前就冷落了。慢慢地,他自己也看得生厌了,感觉生活越来越乏味,就连那田里呱呱叫的青蛙也好像没有以前那样响了。田野里,劳作的人也越来越少了,一片死寂。

  夜晚,二爷一个人喝着烧酒,嚼着花生米,孑然一身的影子投放到斑驳的墙上,他总感觉身边缺少了什么重要的东西。就好像,他吃的菜里没有放盐,菜就没有味道;就好像,他每天去河里捕鱼,回来后没有人跟他分享。于是,二爷感觉生活没有意思，人也没有精神，像一头困在牢笼的猛兽，有力气却没有地方发泄，或者像一条鱼儿厌烦了这条寒沙河，无处是岸。

也许，生活的海洋，也要有停靠的彼岸。也许，幸福是发自内心的安宁，是一种守望。

四

有了桥，就有了热闹。寒沙河，也好像有了温度，水也浅了，沙也少了。河里来了淘沙的人，也就来了一些新鲜东西，不知道是好是坏。

在桥码头的那一端，不知道什么时候有了一间"迎春店"。白天晚上都有一堆人，或大或小或胖或瘦或乖态的女人，她们或坐或站或倚或盼，或搔首弄姿，或守株待兔，一个个都是十二分的精神。她们唯一的相同之处，就是都一样地画着个大花脸，眼里瞄着路过的那些老的少的男人，生怕一不小心猎物就不见了。一些老的少的高的矮的秃顶的甚至还有奶声奶气的小男人大男人老男人，被半推半就地拥进了里屋，不时地有人从那扇门里出出进进。

这些女人也经常有新的面孔出现，她们喜欢待在这里就待，不喜欢就走人。像鱼儿一样涌来，像鱼儿一样溜走。

寒沙河里的水，养鱼，也养人。

这个"迎春店"，起初在村里引起一阵不大不小的骚动，尤其是女人们对那里总是指指点点，表情愤懑，叽叽喳喳的，恨不得用唾沫淹死她们。二爷说不上有意见，也说不上没意见，在店门口，在那些火辣辣的目光中，他还能镇定地来去自由，目不旁视。

后来，有人逗二爷：呦，卖鱼回来啦？去快活了一回吧？二爷起初很生气：我二爷是什么人啊，正儿八经的三代贫农出身，做事，一是一，二是二，我怎么会去干那见不得人的勾当！他大吐一口唾沫星子，重重地飞溅落在那人面前。

有一次，二爷像往常一样从街上卖了鱼回来，经过那间店子的时候，无意中听到一个怯生生的声音。二爷不禁扭头看了看，见到一个模样清秀的中年女人，操着一口当地山区的口音：姐妹们，给个位子吧，我是新来的呢。那些女人你看着我，我看着你，都没有吭声，没有谁愿意挪动位子给她。二爷很奇怪，因为那些女人都操着叽叽呱呱的外地口音，在外面聊天，路人都很难听懂的。当地口音还是第一次听见。于是，他便放下肩上的鱼网，放下鱼篓，打量着那女人。那女人还是怯生生的，不敢去挤个位子，站在一边，很落寞。

二爷见那女人有些与众不同，虽然年纪偏大，不如其他女人年轻，但未施粉黛比那些女人还要中看些。二爷越看越中意，就大胆地跨前一步，示意那女人到他这里来，那个女人迟疑了一下，最终还是顺从了二爷的眼神，走到他面前来了。二爷看得更仔细了，嘀！蛮俊俏的呢，剪了个西瓜头，瓜子脸，看起来清清爽爽的，尤其是那双眼睛，像两颗晶莹剔透的黑葡萄，水汪汪的，就是皮肤黑了点，活脱脱的一朵黑玫瑰！二爷心里怦怦乱跳，却掩饰不了满脸的喜悦。

二爷小声地问她，你叫什么名字？是当地的吧？怎么到这里来的？那女人霎时红了脸，一时忘了回话。她摆弄着那件有些过时的旧碎花衣服，不敢抬头看二爷。怎么来这里的？二爷重新问。许久她才回话，说："我是被人介绍来的，听说这里可以捞到钱。"二爷怜悯地看着眼前这个女人，拉着她的手，说："你知道这里头是干什么营生的吗？"那女人低着头，也没有抽回二爷握着的手，喃喃地说："我也不知道的，来的时候只是听人说很轻松的，不用挑重担，干重活……"

傻瓜，十足的傻瓜！二爷用手拨弄开女人额前的刘海，用眼睛直直地望着她，一字一句地说："你跟我，一起过日子吧？我也穷，但是我有让你吃不完的鱼！……"

那个冬天很冷，厚厚的冰雪阻断不了二爷和女人的脚步，两人都感到心底流淌着一股暖流。夜黑了，洁净的雪光照亮他俩前行的路。

五

二爷牵着女人的手过了桥，心里满满当当的，血管里的血沸腾了，全身上下好像充了气似的，感觉要飞起来了。是啊，冬天即将过去，春天已经来临。

碰上乡里乡亲的，就傻呵呵地问："你看这女人乖忞吧？好心跟我回家过日子的哟，心甘情愿的呢！"就是碰上村里的细伢子也不放过，也要这些屁孩儿一个劲地啧啧称赞：乖忞，真的乖忞！

二爷终于有自己的女人了。有了女人的二爷，比二爷还像二爷。

二爷跟女人就这样开始了男耕女织的日子，也没有去镇里登记，去领那个大红的本本。女人不计较，说："费钱呢，实实在在地过日子就好了。"二爷再也不是一个人吃饱全家不饿的汉子了，他有了女人，干活更卖力了。以前是一天去河里捕一次鱼，现在一天去两次了，河里那张网撒得大大的，恨不得一下子把河里的鱼都捞光。

二爷每天把捕的鱼拿去街上卖掉，剩下一些缠在网丝上的小鱼就带回来。在太阳下，女人见了总是开心地笑着，把那些小鱼从网上小心地取下来，晒干，再用柴火熏得黄亮亮的，卖了几次大家感觉特别香，就有很多人寻过来买她熏的小鱼了。

时间久了，大家发现女人虽然模样清秀，但是有些憨憨的，只能做些简单的农活，也不太懂得人情世故。也许，是在山里待久了，又没有读过什么书，接触外面的世界更是少之又少了。女人一刻也离不开二爷，在她的世界里只有二爷，二爷的家就是她温暖的港湾，二爷就是她心里的天、她的主心骨。

村里一些鬼灵精怪的媳妇见二爷出去了，就去寻二爷女人开心，故意问她：就凭你这模样，找个条件好一点的多好啊，咋就相中了二爷呢，这日子过得苦不拉叽的。天天熏鱼，干这种活腥臭腥臭的，把张好看的脸都糟蹋了，你真想要做"柴火西施"啊！

女人傻呵呵地笑着，露出一排好看整齐的白牙。什么是"柴火西施"啊？二爷没遇上我的时候，是有个退休的干部喜欢我，六十多了呢，刚来的几天几乎天天来找我，问我跟他回不回去过日子，说他的儿女都搞得蛮好的呢，就是身边差个照顾的人。我看他的条件倒是蛮好的，就是不喜欢他的身板，一阵风就能刮倒，没有二爷健壮，不像二爷实打实，是干活的人。

哈哈，难怪你对二爷一见钟情呢，莫不是相中了他钢铁般的身板，能干活，会来事吧？那些女人乐得前俯后仰，把眼泪都笑出来了。女人怔怔地看着，感觉到她们话里有话，就是说不上来，也不知道怎么反击她们。这个女人只是嘿嘿地傻笑，一丝红晕悄悄在她那张俊俏的黑脸上晕染开来。

女人是幸运的，二爷把她领回来不久，那个店子被查封关门了，如果二爷没有领她回来，这时候还不知道去哪里流浪呢。

二爷的小儿子不知不觉已经出去了几个春秋，十七年了，中间回来一次，说是要结婚了，媳妇要求在外面买房子成家。二爷和女人把他们几年来积攒下来的钱全部拿出来，数了数，整整两万，二爷把钱交到儿子手上。

那也是个冬天，寒风呼啸。儿子接了钱，不闻不问，忙赶到里屋，女人眼里噙着泪，满脸的委屈与不舍，那是她和二爷几年来辛辛苦苦积攒下来的，细细地过日子的钱哪！尽管有些不舍，她还是对小儿子说："跟媳妇成好家，好好地过日子呢，日子过细过圆润了，二爷和我就都好着呢。"

女人用她那双黝黑的手，揩去情不自禁的泪水，眼角一条条的纹路深深地烙在脸上，接着又露出那惯常的憨憨的傻笑了。小儿子怎能体会此刻站在他面前的女人?！女人还是清晨巴早，上山去寻那些荆棘回来，晒干，熏鱼。

久违的阳光下，女人那双粗糙的手掌上留下一道道伤疤，那深深的伤口里渗进了烟灰，弯弯曲曲的，活像一条张牙舞爪的黑蜈蚣。二爷的小儿子从心里讨厌女人吃了他的那份口粮，给这个家增添了负担；讨厌这个很不体面的女人，让他在村里抬不起头来。他甚至疑惑，表示出极大的不满：这个女人是不是个神经病？

儿子对他这个后娘，根本就像见了生人一样。女人还是像往常一样，依旧围着他转，给他做好吃的，想方设法地讨好他，他却没有给过这个女人一丝好脸色，嫌她做的饭菜不干净，嫌她这脏那脏，嫌女人丢了他的脸，污了他的祖先，嫌生他养他的这地方，水太冷地太贫。

六

时间像一条鱼。每个人也是一条鱼，游在自己生活的河流里。

有一年冬天，特别冷，河里冰封不动，二爷捕鱼的小船只能搁浅在岸上了。

二爷的生计越来越难，河里的鱼也越来越少。就算不是这样冰封的冬天，有时在河里待上一整天都捞不到几条小鱼了；他也不再像往常那样声如洪钟了，背部也微微地佝偻起来。由于天寒地冻的时候他经常泡在水里，犯上了严重的风湿症，所以每次下河，他不得不喝一两斤烧酒来热身。就这样，慢慢地，他几乎每餐都离不开烧酒。本地的烧酒，是一种米酒，里面含有大量的甲醛，不知道是酒精伤害了肝脏，还是河水浸泡的缘故，他的右眼变得太阳一样红，最后导致了失明。从此，二爷又多了一个绰号——独眼龙。

讨生活，二爷还是有办法的。不知道从什么时候起，二爷给死人做起了装殓。谁家里有了白喜事，他总是第一个到场。他二话不说，捋起袖子就把亡者洗得干干净净，穿戴得周周正正，体体面面地入殓。每次，他都能在当大事的时候派上用场，吃得流油好几天，还给自己的女人带回一些带油腥的好吃好喝的，末了当大事的人家还要给他一个小红包。大伙都问二爷怕吗？二爷说："怕条卵，不做亏心事，不怕鬼敲门。"

不管谁家里老了人，都去喊二爷装殓，然后给他一些辛苦费。二爷也从不嫌多嫌少，谁喊他都去，加上做事又仔仔细细、认认真真，慢慢地，方圆几十里，二爷成了有名的装殓师。

另外，二爷还有一项看家本事。听他自己说，是祖上传给他的，专治各种牙痛。一些四处求医去了很多知名医院都不能根治的患者，便去找他试试，也是死马当作活马医了。二爷先是鼓着那只左眼查看一番，搞清楚是哪颗牙在作怪，就拉开了架势。他先用一根长长的灯芯点上火，然后找准那颗痛牙，用那团火从嘴巴里压过去，直到火熄灭，周围围观的人看得惊心动魄，嘴巴张得大大的，等那团火熄灭了才放心地合拢来。然后，患者用上二爷自己寻来的草药喝上一碗。只一碗，也真是奇了怪了，患者的牙居然真的好了，再也不痛了。就这样，一传十，十传百，方圆百里都知道了二爷的这手绝活。

治好的患者，总有一些人要上门来感谢二爷。二爷却绝不收钱，他说这是祖上的规矩，已经流传了几代人了，收了钱就不灵验了。但是，若有人提上一篮鸡蛋，或者抱上一只母鸡，加上一壶烧酒，给二爷送过来，二爷还是不会拒绝的。

但究竟装殓的活和治牙疼的事，不见得天天有，二爷的日子就有些接不上趟，过得清汤寡水的。

自从二爷给死人装殓后，村里有一些男女老少开始渐渐地疏远他了。他们说，二爷身上老远就能闻到一股刺鼻的臭味和酒味。那种味，令人不堪忍受，他们说那是经常跟死人打交道的缘故，是尸身味。

后来，二爷也明显感觉到那些人异样的眼光。走路时，那些人远远地躲避着他。二爷知道，那些人不光是嫌他做这种不体面的差事，更是嫌他脏嫌他穷。二爷想起以前的事，想起以前的冬天。

二爷不在乎别人的眼光，也从不看低自己清汤寡水的日子。他看着自己的女人，心里有一股暖流流遍全身。他知道，只要有眼前这个女人伴着他，他什么都不怕。

冬天再冷，女人也会给他焐热脚的。焐热的冬天，是温暖的生活。

七

二爷真的老了，仿佛是在一夜之间。他偶尔背着鱼网出去打鱼，直到夕阳西下时才疲惫不堪地背着空空的鱼网回家，残阳在背后拉长了他的影子，他的眼睛跟这黄昏的晚霞一样红通通的，像血一样。他的身板不再挺拔，在鱼网下面弯成一张弓，好像一不小心就会断裂。

二爷感觉自己的身体在一天天垮下去，他每到傍晚都和自己的女人去村口的桥头等着，桥上一辆辆小车从他们身边驰过，扬起一阵阵灰尘。马路两边绿油油的田野已经变成了一排排高楼大厦，这个村庄已经不是从前的那个村庄了，变化得自己有时也不认识了。

女人搀扶着他，跟他一样，眼里放出长长的线，看得很远很远，希望能突然看到奇迹。他们不知道，这样的日子能坚持多久。二爷眼睛里的期待越来越弱，直到有天他们等到很晚，二爷喃喃地唠叨着："这孽障，不知道过得好不好呢，托人带信儿都半年了，怎么也要捎个信儿回来呀，我可能等不到了。"

二爷说倒就倒了，像一块大门板一样轰然倒地。他不醒人事的第三天，小儿子终于回来了，带着他去了医院。没有几天，二爷就匆匆地离开了这个世界，离开了跟他相濡以沫快三十年的女人。

而今，他已经化成了烟灰，静悄悄地蹲在老屋的神龛上，眼睁睁地看着自己的女人，一个人孤零零地早出晚归，不声不响。

日子仍然是那样平淡如水，那台老掉牙的黑白电视机在半夜里不甘示弱地弄出吱吱啦啦的声响，诉说着经年的美好时光。

那天，女人从这间老屋走出来，迎着一脸的阳光。女人心里想着，这个冬天真是出奇地暖和！要是二爷还在，陪他晒晒太阳多好啊！可怜，他生前过的冬天，几乎每个冬天都落雪，那刺骨的三九寒天，二爷都在河里跟冰水打交道。几十年了，这是第一个不落雪的冬天，二爷居然就走了。二爷，你还怕冷吗？哦，瞧这记性！二爷躺在盒子里哩。二爷，你在小小的盒子里还觉得冷吗？要是能出来享受着暖暖的阳光多好啊！

有人喊她，跟她打招呼，她还在自顾自地想着二爷，没有反应。"喂！问你呢。"那人大声地对着她的耳朵喊了一嗓子，女人吓了一跳，呆了呆，依然是憨憨地一笑，答非所问：我，我，我还要去捡废品呢……女人走了，她身后是长长的影子，在暖阳下有些单薄和无助。

女人身后的老屋也默默无语，屋前一堆乱七八糟的垃圾，那里面有女人从老远的地方捡来的纸盒、易拉罐、空瓶，红白喜事放了礼花的空炮仗……那就是她整个的生活。

那座老屋的屋檐，仍然是那么弯弯尖尖地刺向苍穹。看起来，像个大大的问号，无语，静默……谁也不知道以后会发生什么，因为这个冬天出奇地暖和，懒洋洋地晒着慵懒的万物。

就在这个暖冬，就在那个没有风的晚上，二爷的老屋燃起了熊熊大火，燃得特别起劲，火势特别凶猛，半夜被惊醒的人们不敢靠近老屋半步。

村里的老人看着这场大火，惊呼着：天火！天葬啊！谁也不知道二爷的房子起火的原因，谁也不知道女人是否在里面跟二爷一样化成了灰烬。这座老屋，毕毕剥剥地整整烧了一个晚上，烧得那么彻底，最后只剩下一堆土砖，成为废墟。

后来，有人说看到二爷的女人在很远的地方捡垃圾，一脸的黑，一晃眼却又不见了，人们说，是那个女人的魂魄。但是，谁也说不清，那女人是人还是鬼，还有那场无由的大火，都生生地成了一个谜……

在这个暖冬里，有人想到以前冬天里那厚厚的、洁净的冰雪和白白亮亮的光。也许，那样的冬天才叫冬天。

呼叫群主

一

　　气温已经严重地下降，灰蒙蒙的天，清早出门便能看到茅草地上的霜花，薄薄地覆盖在没有人路过的地方。
　　一可走在郊外，她迎着风踱着方步，专往有霜的地方踩。一脚踏上去，她就感觉有一种碎裂的声音在尖叫，在求饶，好像天下就被她这样踩在脚下了，她的脸上就露出一种莫大的满足与快感。她的高筒靴下面一截全都湿漉漉的，走过的地方霜花都融化了，枯草上悬挂着一串串晶亮的珠子，像一个人的眼泪，很冷。
　　"你两个稀下的！又说要看电影，到里面又不看，嘀嘀咕咕的，活活地浪费我的钱，还要去吃海鲜粥！"一不留神，那尺把长的钉子一样的高跟鞋重心不稳，在一块凹进去的地方崴了一下，"哎哟哟！我的脚呀！"她往前拐了几步，便抱着那只崴了的脚单脚跳着。这可如何是好？一可左顾右盼都不看到半条人影，也没有落屁股的地方，她想蹲下来脱了鞋子揉揉脚，又担心身上那件雪白的毛呢子长外套巴上了土。她一甩那波浪翻滚的头发，掏出手机给一山打了个电话，嘟嘟地响了半天无人接听，她又拨出第二个电话。这个电话是打给一尘的，也没有接，她咬咬牙，再拨了一米的电话，电话终于接听了，对方"喂"的一声就像早晨射出的第一缕日光。

"一米，快来救我！"

"怎么了？大清早的你又去哪里厮混了？"

"快莫讲了，人背时喝凉水都碜牙。昨天一山和一尘非要我请他们看电影，到了里面他们两个又私聊去了，电影也不看，生怕下辈子都没有机会说话了。看了电影又要吃夜宵，折腾了我一个晚上，真是撞见鬼了！我想早上出来换换气，呼出肺里的二氧化碳，冇想到这跟了我好几年的鞋子也欺负我，把脚崴了。哎哟！痛死我了，你快来接我。"

"啊……我的牙老子！我在昆明啊，坐火箭去接你呀？"

"你个鬼！出去了也不打个招呼，回来再跟你算总账！"一可挂了电话。

没多大会工夫，一可的电话又响起来，她一看是一尘打来的："一可，么子事？"

"没事就不能打你的电话吗？"一可没好气地嘟哝着。

"我还在睡觉呢，有么子事快讲。"

"快来西郊接我，我脚崴了。"

电话里传来一尘的呼声："呀……你搞么子名堂？鬼摸到头吗？麻烦你看看时间，现在是几点？"

"现在是北京时间六点零零分。"一可冲着手机大叫。

"我记得你是属猫科的，怎么突然江水倒流了？"

"来不来？痛快点。"

"考我是吧？我的智商还没有归零呢。不来，这大冷的天，我可不会随便就上某某菜鸟的当的。"

"我有过犯罪记录吗？"

"你真是癫了，你自己看看我们群里的消息记录，你上次的记录还没有过警戒时间呢。我们这个群里，你是最会捉弄人的。"

"你……昨天的夜宵真是……我要呼叫群主了，要他出来主持公道。"

"你呼吧，群主谁呼都灵的，是个厚道实在的主儿。"

一可挂了电话，连接了移动网络，在群里先蹦出一只公鸡，那只公鸡嘴巴一张就扩出来一句——起床啦！谁不起床打谁屁股！

这下群里炸开锅了。一米回过来一句："一可你到底是在西郊还是赖在床上？"

一尘说："一可犯了夜盲症，色差发生了变化，有暂时短路的可能。"

一可来一句："群主起床更衣了吗？呼叫群主！严重呼叫！"

一山说："群主出差了，他老眼昏花，把眼镜揣在兜子里，耳朵锁在箱子里。"

一青说："姐姐，今天又玩么子新招数？"

一可说："我在西郊喝西北风呢，你是这个群里的司机，快来接我。"

一青说："姐姐你脚崴得真不是时候呢，我车子的离合器出了毛病，昨天送去了修理厂，还没有搞好呢。不过，也不打紧，你家离西郊不过一千米呢。"

一可说："还走回去？你看我什么时候受过这种鸟罪？"

一米说："我倒是想来的，可惜昆明的火箭发射轨道还没有问世，'塞克号'又在白垩纪趴窝了，看着美女受难，我可怜的小心脏也烧焦了。"一尘说："可惜，可惜，群主对群里的大小事宜都是极其负责，可惜呀，他今天指挥的'蛟龙号'也潜水了。"一可发出一句："我们这个群是疯了吗？我想找人帮个忙都这么难了？"她一咬牙再发一句："谁来西郊我今天请他吃一头牛！"一青说："吃一头牛是什么概念？估计这头牛没有我的份儿。"一尘说："不是我不想吃那头牛，而是这个移动时代变化太快！牛肉都变成基因可可，地沟油满街都在流。"一山说："一可，我想你现在应该左脚正在收起，右脚正在踏进家门。"一可说："我想你明天不用上班了，群里掏钱给你支一个小板凳，一个本子，一支笔，一副墨镜，外加一副拐棍。"一尘发上去一个问号。一可回应一句：傻蛋，我们群里诞生了世界第一的神算子。

二

这个地名叫作弯又弯，离城区大约有三十公里，是一座座连绵起伏的山峰之间的一个村落。这个山坳坳里零零星星地散落着几户人家，大部分的青壮劳力都捞大票子去了，剩下一些老幼妇孺。在这里能看到房屋顶上的树皮瓦，青黑青黑的，有的还长满了毛茸茸的青苔。天气晴好的时候，屋里的妇女和老人都领着孩子上山干活去了，偌大的坪地上放着一个个篾制的糠筛子，里面有红的、金黄的、白的、紫的地瓜切成条状在阳光下冒着热气，老远就能嗅到香甜香甜的味儿。晒到水分干干的时候，想着那绵软筋道的口感、丝丝甜甜的味道，馋得人直想往嘴巴里拱，可想归想，却是不敢乱动的，边上蹲着的那只大黄可不是吃素的！

头顶着红得发亮的锯齿形鸡冠的公鸡在屋门口转悠，碰到一只黄母鸡就把一边华丽的翅膀用力抻开，直露出连接着肉身的白森森的羽毛根部，连里面的绒毛和青筋都看得清清楚楚。翅膀从背上抻到同边的那只爪子上，那撒开的样子像一面扇子，绷得直直地，显示它的劲道威猛无比。它保持着这个姿势单脚立地，围着黄母鸡绕圈，这场景不难让人想到角斗场上格斗的勇士展开上臂，将他们雄健的胸肌鼓到极限。而旁边的芦花母鸡却低低地迈开它的三寸金莲，惹得那只公鸡又跑到它的身边摆开同样的阵势。突然，另外一只公鸡从山上冲下来，摆开双翼，虎虎生风，朝着这只喜欢调情的公鸡挑衅，蹲在劈好的柴堆上晒太阳的瓦灰猫，赶紧跳到堂屋里一张八仙桌上，寻找着最佳的观战位置。

那上坡的山肠子确实从下往上都是弯弯，上了一道弯转身就又弯到下一道弯里去了，就像女人的身段一样软软地扭出一个弧度，又一个弧度，一波荡开一波，S形连接着S形，绵延不绝。

上到顶端，那架势不知道用什么词儿来形容，那种一览无余的开阔、重岚山小的包围，真正是一个人的武林！总之，一个字，就是美！

最先发现这个地方的就是一可。她喜欢往山洞里钻，钻来钻去，竟误打误撞地寻到了这块原始宝地。这个发现是有着历史性的意义的，至少对于他们这个群来说是如此。一可经常喊一山和一尘、一青他们来弯又弯爬山，他们在这个青青的活氧吧里发现了许许多多从未见过的东西。

一可像只会钻地洞的鼹鼠，一忽儿出现在这个山道道，一忽儿又到了那个弯弯尖。到了弯又弯，她就像一条灵活的蛇，非常快速地摆动着胯部，给人的感觉是屁股刚刚还在这里，身子已经冲到前头去了，把一尘和一青他们甩得远远的。一山则是她的跟屁虫，紧紧地跟在她屁股后面。

爬到半山腰的时候，一尘光光的额头上汗珠子直往下淌，说："还爬吗？我可是摆不开步了。"他两手叉腰喘着粗气。一青则不服输："切！瞧你这德行，坐办公桌坐久了的典型的腰椎间盘突出症！你看一可和一山比我们还大好几岁呢，别让他们看扁了我们！""不行了，不行了。岁月不饶人呢，不服老也不行的。你鬼里鬼气的，怎么就知道我腰椎间盘突出了？"一青哈哈大笑道："这还不简单，我又不是智障。幸亏这条道是倒了水泥的毛马路，不然的话，你更难上得去了。"

一青嘴上说说，却也停下脚步，陪一尘在山道上喘气。上面不时地路过一两个山民，好奇地朝他们张望，他们的神情之间明摆着对这些不速之客的戒备。也有些人很热情地跟他们打着招呼。

一青也难得闲下来，她在马路两边看到好多树木都是自己从来没有见过的品种，有的还开花结果，有的光开花不结果，有的树枝上挂满了豆荚，那模样跟油菜花落了花之后结的荚一样，细细长长的壳里面裹着一粒粒的黑籽。一青还看到树下面一些矮矮的荆棘灌木丛上结着草莓一样的果实，颗粒比草莓小很多，红艳艳的，煞是可爱。一尘告诉她这是野生的萢，可以吃的，小时候他就吃过不少。一青一听还可以吃，就来了劲，不顾藤萝缠绕，也不管那刺有多么扎手，硬是采了一大家伙堆在掌心。一尘便在马路靠山的那边找到一条从山上流下来的水源，那水掬在掌心清亮透明，沁凉沁凉的。他们合伙消灭掉那一大家伙的萢之后，就听到一可和一山说话的声音了。

　　一可下来后忒兴奋，替一青和一尘傻乎乎地待在这里可惜，说："你们怎么不上去呢？爬上顶端更是不得了呢，不说世外桃源吧，也一定是个隐居的好去处。山尖尖上都住着几户人家，木墙树瓦，好有味的。走到这条道的尽头又是另外一个村落了，那里又有一块平地，一些山民在那里生活。他们的屋檐下还摆了一条长长宽宽的木板凳，油光水滑的，都可以躺在上面睡觉呢。你想想做这条板凳的，该是一棵多么年长的古树了。"听得一青肠子都悔青了，嚷嚷着下次来一定得爬上顶端去瞧瞧。

　　一青看到一山手中也拿着一些毛茸茸的东西，圆圆的壳上面是一层刺。一青问："你手上拿的是么子东西？"一山说："在上面看到一棵板栗树，便踹了树干几脚，落了一些板栗。"说着便把板栗往地上一放，用脚踩一下，那壳就爆开了，一山捡起来，把壳去掉，里面真的是一颗栗色的板栗呢。一青只见过街市上卖的板栗，树上结的板栗还是头一回看到，她忍不住自己拿一颗照着一山的样子用脚先是一踩，然后好奇地从那毛茸茸的圆球裂开的地方剥开，剔出那颗果实来。那上面的一端还是青色的，半生不熟的样子。

三

　　一米喜欢背着一个帆布袋像和尚一样云游四海，他每到一个地方便在群里发一条消息，喜欢把那里的风俗人情拍摄出来传到群里跟大家分享。从他上传的照片里，他们就知道他又到了哪里，从吐鲁番盆地到梵音寺，从大理到莫高窟……都是行踪不定，足迹几乎踏遍大江南北。

一米的照片一发出来，一可就会"浮出水面"，大拇指伸得棒棒的。一米还有一个特点就是喜欢在群里晒他在外面吃的美味、喝的美酒，还有特色小吃。一可是群里年岁最大的女人，她的名堂和馋虫也总是最多，看到一米发在群里的美酒美味就发话说："一米，给我打包快递过来，我喜欢这个。一米，你喝的是什么酒？一个人喝多没劲，带瓶拉菲回来，我陪你一起喝。"一尘就来一句：你这女人真是三贪，幸亏没有掌握政治，否则我们全玩完。一山说："吵什么吵，你们以为这样一闹，一米就会真的带拉菲回来了吗？蠢得死，你们都忘记了他是哪里人呢？典型的高密人士。"一青就开始冒泡了："哥哥姐姐都来了呀，今天大家齐齐整整的是要搞什么讨论会吗？好像群里好久没有这样热闹了。"一米说："嘿嘿，我就知道你们肚里的蛔虫，现在是午餐时间了，又在现场播报餐讯。"一可这下更来劲，发出指令性的命令：呼叫群主！今天中午大家一起杀上群主家里，喝不了拉菲就喝茅台王子。

群主这时羞羞答答地开了腔："各位兄弟姐妹，如果真要赏脸，我就去菜市场采购去了哈，中午12点准时开餐，过时不候。"

估摸着差不多了，一可和一山他们便羊拉屎一样陆续到了群主家里。群主的腰间系着一条围裙，砧板上一条草鱼正在蹦跳，群主一刀拍下去说："你就要落油锅了还跳什么跳？"一可听到，马上跑过去看群主杀鱼。群主说："你离远点，当心它来个鲤鱼打挺蹦起来亲你，到时会吓着你。"一可打个哈哈："你个杀千刀的，还真以为我打娘胎出来就没有下过厨房呀？"

谁知大家觥筹交错的时候不觉就喝多了，当然最清醒的就是一青了，她是滴酒不沾的。一可是红酒白酒都奈得何，通吃，一桌打下几个圈来，再大的酒量也就趴下来了。可是一可就是不趴下，她在使劲地哭，眼泪簌簌地往下淌。一青吓坏了，她围着一可团团转，说："姐姐你这是怎么了？是家里有什么难事触景生情，还是工作上的疙疙瘩瘩？"一可就只知道哭，有流不完的眼泪，一青急了接着说："姐姐你倒是说话呀，要是真有什么难处，说出来听听，大家都在呢，集体给你想主意。"一可的眼泪把群主也急得直搓手，他说："怎么了？像一青说的有么子事大家都在呢，你只管说出来。"群主不发言还好，他一发言，一可突然扑过去在他大拇指的部位狠狠地咬了一口，一排牙齿印立马清晰可见。所有人都有些发蒙，一尘则在一边呆着，有些手足无措，一可仍然不发音，好像吞了哑药，眼泪就像断了线的珠子，这里刚刚掉下去，眼眶里面又蓄满了一池。群主仰天长叹："唉，女人真的比水还要能水呀！"一山则不紧不慢地发言了："一青呀，你姐姐是犯酒癫了，冇得大问题，你要群主开个KTV包厢，大家陪她醒醒酒，估计两个小时就能解决问题了。""真的？就可以了？"一青的眼珠子鼓得像头牛。"真的，没蒙你。"一山肯定地点点头。群主当真去开了包厢，一群人簇拥着一可进到包厢里面，音乐响起，一可趴在沙发上，一青陪着她，拍着她的背部，好像一可是自己的孩子。一可仍然在抽噎，好像受了天大的委屈。一青有些纳闷，她悟不懂喝酒喝醉的人会有这样的反应，她是后来才跟一可他们熟络的，虽然她跟群里所有的兄弟姐妹一样，都是同一个单位下岗分流出来的职工，但是她年纪轻些，也是最后一个进入这个命名为"同一首歌"的群里的。他们下岗分流后，都流入社会的其他各个岗位上去了，有的成了个体户，但是大部分买了汽车营运的线路车牌的股份。为了联系方便，他们为自己建立了一个群，但是一可他们觉得群里人数太多太杂，就推荐一多做群主组建了另外一个群，就他们几个人在群里，有活动有饭局就在群里喊一嗓子，大家就齐齐整整地去了，很是默契，就如他们的网名前面统统都是个"一"字。他们的感情也如兄弟姐妹一样了。

当一山拿起麦克风唱起那首《相思风雨中》时，一可突然不哭了，她对一青说："我要唱歌，跟一山合唱。"说着她便脱掉外衣，令一青不解的是，她还坐下来脱掉鞋子，再脱掉袜子，光脚踩到地上绕着包厢走了一圈。她跟着一山唱了一段，唱到第二段的时候，她赤脚站到沙发上去了，一山怕她踩到茶几上去，要一青挡在她的前面。唱完这一曲，一可果真不哭不闹了，又开始嘻嘻哈哈地耍弄这个耍弄那个。一青对一山说："你真是神了，能掐会算，赶紧给你支配道具得了，以后我们这个群就得靠你这个金钵钵了。"

四

再上弯又弯的时候，一青发现了一个细节，一山和一可手牵手地走在他们前面了。一可对什么都很好奇，这些树木的名称和特征问了又问，好像她天生就犯了健忘症。一青这条尾巴也傻乎乎地黏上去听，她觉得一山好像是个植物学家，天上地下，问什么都知道个子丑寅卯，一些树呀草呀藤呀跟他好像是兄弟姊妹，他对它们真的太熟悉了！

过了一道弯的时候，一山从山上伸出的一条树枝上采下几片嫩嫩的叶子，分给了一可和一青，要她们放到嘴里去嚼。一青还有些迟疑，看到一可已经放进嘴里了，她也跟着塞到嘴里一咬，呀！好神奇呢，嘴里面立马没有了干渴的感觉，甜丝丝的，还留有余香。一山说："这是山里的一种植物，是一种药材，可以生津解渴，以前大山深处有许多，现在已经很少见了。"

在一青听得发呆的当儿，一可便牵着一山上去了，她要一青等着还在下面的一尘。

等一尘追上一青的时候，一可和一山已经又开始下山了。一青发现他们下山的姿势又不一样了，这下一可是小鸟依人一样靠在一山宽阔的胸膛上了,一可的脸上洋溢着晚霞的那种热烈与艳红。这个细节一尘也发现了,他悄悄地跟一青说:"瞧他们两个的得意劲儿,好像在山上捡到宝。我们可不要跟他们一样,我们是兄妹一样的。"一青点点头说:"我同意,以后你就是我哥了。"一尘点点头:"你就是我妹,以后你的事情就是我的事情了,我会帮你撑起半壁江山的,你信吗?"一青头一偏,说:"当然信!我哥就是向着自己的妹子的,以后我也不怕人家欺负了。"

下山的时候,一青下意识地跟一可和一山保持着距离了,不再是那么蠢的一根筋了,她乖乖地跟一尘走在后面。

慢慢地,群里的人都知道一可和一山的事儿了。他们两个在群里搞活动的时候总是最活跃的一对,一可有个特征就是动不动在一山的大腿上掐上一把,痛得他直叫唤。高兴时掐他,生气时也掐他,情绪失控时也掐,好像一山生来就是她的出气筒。有时候一可和一山闹别扭,一山就很紧张,他就会在群里跟一青私聊,要一青去问一可为什么又不对劲了?要一青去哄她,再约她去弯又弯爬山。一青知道,那个山谷是他们衍生欢乐的地方,在那里他们可以把那些个不愉快的东西都丢到山洞洞里去。

当他们隐身到一人多高的芦苇丛中时,一青看到山鸡和灌鼠在茅草堆里出没,头上有时猛然冒出一顶红缨帽子的鸟儿婉转地啼鸣,山涧里隐隐下滑的清泉叮叮咚咚,这些合奏的天籁之音交汇融合,好听极了。直到那墨绿墨绿的屋顶上腾起绸缎一样的白烟,一青就知道他们该出来找她了,她就收拢起摊在芦苇上的四肢,去路边的弯弯口等他们。

一青走的时候,对那个赶走那条冲她使劲吠的黄犬的老人充满了感激,她生平最怕狗了,小时候就被狗咬过膝盖,还打了好几针狂犬疫苗,所以看到狗就捂着心口走路,生怕一不小心,心脏就从嗓子眼里蹦出来了。要是那狗流着哈喇水走得近了,她就假装去捡地上的石子,那狗见了便刹住车,撤退几步,还没等她直起腰来,那狗又勇猛地冲过来了,这当儿她就魂飞魄散了,发出杀猪般的号叫。那家伙，那声音号得——惊天地泣鬼神，地动山摇，让那狗的主人老远心慌慌地从屋里跑出来，大声吆喝住他家的孽障。

　　一青是喜欢爬山的，长时间的开车久坐让她有了职业病，颈椎啦，腰椎啦，年纪轻轻的就像一堆劳损过度的机器，松松垮垮的，毛病全都惹来了。这种有氧运动给她输入了有机营养，到了山谷里面，一些胆小的野兔在她的脚边窜得像离弦之箭，一青都不及分辨它们的身体是什么颜色，只看到树木间的灌木和杂草在那里晃动。细碎的阳光印在她的脸上，像是一件碎花的的确良衬衣，暖暖的部分必然是金色的，能够透过光的斜射看到她上唇的绒毛毛，像是喝醉了酒的麦芒。溪水从上而下披挂在山腰上，像一匹银色的绸缎，又像一首流动的歌谣。偶尔还能看到捕鱼的鹭鸶、野鸟在绿茵上徘徊，那长长的喙尖利无比，又长又细的腿在地上稍稍往后一蹬，翅膀一扇便笔直着身体飞走了。一青每去一回，梦里都是那弯到半天云空的弯弯尖。那只她以前怕得要死的老黄，一见她就摇晃着尾巴来接她了，还不停地用头蹭她，用舌头舔她，那亲热劲儿就跟一家人似的。她也无论高兴或者忧伤的时候都喜欢来到这里了，一个人静静地坐在软软的草地上，痴痴呆呆，安安静静，看春夏绿得生动，看秋冬又暖得金黄。

五

　　这天，一米刚刚在群里晒了他在新疆的摄影作品，一可就开始鼓掌了，然后在群里发上一瓶拉菲红酒、一瓶五粮液白酒的瓶子，大家就知道一米回来了。一可会立马接上一句："一米是在家里请还是外面订餐？"一米就说："这么高的档次，还是在外面吧。"一可问他："是卡座还是全体参加？"

　　一尘就冒泡了，说："不准吃独食！见者有份。"

　　一青说："虽然我不能喝酒，但是能做好你们的后勤保障，保证你们安全回家。"

群主一多说："本群所有饮酒活动必须邀请群主参加，否则此活动视为无效活动。"一米说："这个可以有。"一可说："那行，赶紧干活，下班后不见不散。"一尘问："今天一山干么子去了？不见冒泡呀。"一可说："他已经被打入冷宫，面壁思过去了，暂且不必管他。"一山马上浮出水面，说："吵什么吵？还没到午餐时间就开始吹酒，把时间地点发上来，我就是再忙也要赶过来，喝不上拉菲，总能赶到五粮液吧？"一米说："那你的腿可得长长点，我们是准时开餐，过时不候哈。"

一山还没有赶到的时候，一可就连敬一米三杯，一米红白都喝，喝得他云里雾里，不过，一米的定力还好，还能管住自己的嘴和腿。等一山赶到的时候，果真只剩下一盏白酒了。一可还没有发展到哭的份儿上，估计酒劲还没有到火候，再喝个二两也许她又要像上次那样哭开了。一山见一可状态还好，便放心地一仰脖子，把最后一盏白酒倒进了肚子。

可是，接下来一山有些脸上挂不住了。一可不知道是醉了还是没醉，还是借着酒劲一把拉起一米，非要跟他跳一曲没有音乐没有伴奏的即兴歌舞。一米在新疆大漠倒是见得很多。那里的人们多是豪放开朗、性情豁达，一喝酒就敞开嗓子唱啊跳啊的。他没有想到一可突然的举动，像只企鹅似的跟着一可迈起了慢三。

也就是这支舞惹的祸，以后不管是在群里吵闹还是大家聚会的场合，一山必须向一米开炮，轰得一米满面炮灰，狼狈不堪。但是轰归轰，他们仍然如以前一样交往。有时候好久不见一米冒泡，一山还憋得难受，不时地在群里发消息逗一米浮出水面。一可也跳出来凑热闹，一米说话她便随后跟来，搞得一山鼻子不是鼻子，眼睛不是眼睛。

这段时间，群里基本上就是他们在唱三人转。转来转去，有时候一米说话不留神，撞到刀刃上了，一可就在群里发上一句，呼叫群里，强烈要求群主现身调解纠纷，搞得大家都皮了。

可是，不知道为什么，一米像是被谁放了蛊，他突然过来劝一青，要一青把买的那条线路牌报废、车辆报大修，不要再在车队投资了。搞得一青莫名其妙，愣愣地说："我买的好好的干吗要报废？我买的还是新车啊，干吗要报大修？"一米说："反正我不会害你，你听我的就是了。你撤得越早也许对你还是件好事。"一米的话让一青半天摸不着头脑。

一山在群里发言说："要出差几天了，大家歇息几天不要搞活动，要搞活动也要等我回来再搞。"一可说："那不行，活动照旧，一切都可以停止，就是活动不能停。"一尘马上接上："中午喝么子酒？还是老地方？"一米马上兴奋了，说："好耶！中午又有好酒喝。"一青说："也好，我正在发愁解决中餐呢。"一山说："兄弟们，少了我喝酒就冇得味道了，气氛能好起来吗？"群主说："我今天也冇得空，你们先搞活动，先试试没有一山在的时候，酒的度数是否直线下降？"

大家玩笑归玩笑，活动还是照旧搞，喝到高潮阶段时，一可不停地拨群主的电话，群主说："今天确实是冇得空，你们乐活吧，我单位那边也有活动，忙不赢。"一可下指令说："冇得空也要过来，我们在老地方等着你。"

又喝了几杯，一可又拨电话过去，说："急呼群主，今天要去唱歌。"群主说："我的姑奶奶，冇得空呢，下次好不好，莫再打电话了，我这边忙呢。"

一尘说："今天群主的确忙呢，你也莫再骚扰他了吧，也要给人家一个空间呢。"一可不听，又拨过去，群主没有接。过了几分钟，他们喝了一杯酒，一可又拨过去，群主还是不接，一可恼了，干脆拨着不放，最后群主干脆关了机。一青知道一可的脾气，谁要是跟她拧着干，她就会跟谁没完，并且短时间里一定会以牙还牙，一青曾经多次领教过。一可和一山喜欢去弯又弯爬山，为了释放工作上的压力，他们两个过不了几天就要去那里放松。但是一青跟他们不同，他们虽然都是从一个单位下岗分流的，但是他们都保留分流到其他的单位岗位上了，车队的线路牌只是他们的第二职业，而一青相对他们来说能力要薄弱多了，家里没有靠山也没有多少钱，就只有自主买的这条线路牌了。所以在经济上没有他们活络，她也把时间全部放在车队去了。有时候一可要她出车带他们去弯又弯爬山，她开始不好意思拒绝，觉得都是兄弟姐妹的，开不了那个口。谁知这一不好意思就是差不多一年，他们隔三岔五地要一青开车去弯又弯，一青一算，陪的时间不说，其他的不说，光是车子的油费和损耗就亏了万把块，这钱对于他们几个算个卵，但对一青来说还是一笔不少的数目。后来有时候就开始推辞了。一青不会撒谎，每次一说就被一可揭穿了，冇得法子，她又去了。后来有几次，她干脆告诉一可，说，她确实是冇得空，她自己要跑车了，否则线路牌都难保了，不知道是谁非要她的线路牌报废，车子报大修，这不是要断了她的饭碗吗？！虽然他们都在车队买了线路牌，但是他们中间只有一青一人会开车，其他的都只是投资盈利。一可见一青不听她的话，便在车队那边放出话来，要撤一青的股份了。一可是大股东，车队的管事经理又是她的亲叔叔，说话的分量自然就让人退让三分了。只有一青的股份最小，一青没有办法只好又听一可使唤了。

　　这次看群主那么干脆地拒绝了一可的要求，一青有点替群主捏一把汗。

　　过了几天，一可请大家去她家里聚餐，大家都清楚一可的口袋是用铁水淋死的，要焊割开这个铁口子，必然是有什么算盘了。群主老老实实地先去她家里帮忙做菜了，一山喝酒的时候，有些不痛快，不觉多喝了几杯，脸红红的，给群主丢过去一句："你也不够哥们，一可喊你，才早上9点多点你就急哈哈地赶来做菜，也不喊我一道过来，硬是给我硬馍馍噎呀。"大家都不说话，你看我，我看你，有好一会儿的尴尬。撤桌的时候，一山小心翼翼地跟一可说："我来帮你洗碗吧？"一可不耐烦地丢过去一句："你来洗碗还不够格呢！"这话恰巧被在一旁倒茶的一青听见了,她心里一惊,这话太过头了吧?一山能受得住吗?一山确实难以消受,他气哼哼地去一边呵气去了。她看着一山的那难受劲儿又想不通了,明明大家都知道一可和一山在恋爱,却又偏偏能接受一可对他们调情,一山眼睁睁地看着,却只能干吃醋。一可的魅力真就这么大?可是一青左看右看,发现一可也没有狐媚之相啊,姿色不仅平平,岁数也老大不小了。

  有句老话说得好,一切皆有定数。该来的总会来的,躲也躲不掉。第二天群主就来找她了,说:"一青呀,你这线路牌还是报废吧,车子报个大修,这些费用我们来给你出,你下岗了,就剩下线路牌了,确实不容易呢。这些费用我都给他们做通工作了,大家知道你的股份迟早会被踢掉的,能帮到你的只有这些了。"一青一听,眼泪就要冲上来了:"群主啊,干吗你也这样说呀,我做错了什么吗?"群主说:"你什么都没有做错,错的是你手里的那个线路牌呀,那个数字太抢手了,是个让人眼红的祸害啊!一青妹子啊,我们都了解你,你太弱了,你是斗不过别人的,甘拜下风吧。"一青说:"我签的合同就是一张纸吗?"群主说:"傻瓜呀,政策是人定的,机会是人给的,今年可以这样,明年指不定又会是哪样的了。"

  一青眼泪汪汪地:"求求你了,给我说说好话吧,都是拴在同一条绳子上的蚂蚱,看在我们过去都是同一个单位出来的,给条活路吧!"

六

  一青就像弯又弯里面的一根茅草,被他们滚在身子底下,她感觉自己的肋骨都快被压断了,但是她也强忍着疼痛,任他们在那里滚来滚去。等到听见"啪嗒"一声脆响,一青心想:"完了,完了,这根痛的肋骨终是被折断了。"她惊出一身冷汗,一抹额头上的水珠,原来是个梦。

一尘曾经多次骂过她，说她太要脸面，人家把你当根草，你把人家当个宝。

一青没有话回他，只是默默地垂下头去，一尘埋怨她说："难道你真就不懂拒绝人家吗？人家要你干吗你就干吗，好像你被人家抓住么子把柄一样。你偷人打野了吗？你杀人越货了吗？"一青还是无话。一尘说："真是恨铁不成钢呀！你什么都依了人家了，人家不是依然该要的还得要，步步紧逼呀，你要学会说'不'！"

不知道从什么时候开始，这个建立了三年的群开始萧条了。有时候很久才有人在百无聊赖的时候冒出一句无聊的话来，都是千篇一律的"呼叫群主！"好像除了这句开场白，再也无话可说，像一个要死不死的老鬼，在跟阎王讨要再加几年阳寿。

以前那个团结为一的整体消散了，那个人气沸腾的鼎盛时期成为过去式了，一青突然发现这世界要变化的时候真是太快了，就像街上流行的时装，一下子就改变潮流的方向了。去年还在流行短裙，说是显得精神干练、活泼十足，今年又说要穿过膝拖地的长裙了，又说这样才显得温婉贤淑、有欧派的气质。

一青突然想起他们好久都没有去过弯又弯了。春暖花开，那里的景色一定更加迷人了。

这样想的时候烦心的事儿又冒出来了，一青稍微打听到一点点内部消息，说是一可的叔叔又高升了，当上汽车营运公司的老总了，所有线路牌的命运都掌握在他的手里。一青买的线路牌的尾数是98888，是个吉利发财的数字，当初买的时候她也是瞎选的，并没有想到这个数字还有什么窍门。那时候他们的观念里对数字还没有么子讲究，没想到经济越来越活跃的时候，人们对数字也开始迷信和讲究了。买到好的数字牌照是好事，可在一青身上却变成了坏事，她觉得随时都可能被这个数字把自己变成光杆司令，她对身边几位大佬谁都不敢得罪，每天都得小心翼翼。后来又听说出台新的政策了，跑城乡之间的线路牌，政府不仅不扣税点还每年补贴几万元的费用,这样算下来一年要多出来十几万的收入了。而偏偏就是这样凑巧,一青的车牌就是跑城乡的一条线路,这下一青手里攥的可真是香饽饽了。这样一来,一青更不能轻松了,她就像接了个烫手的山芋一样蹦跶来蹦跶去,脸皱得像个苦瓜。

七

不知道从什么时候开始,一可在群里呼叫群主的次数越来越多了。有时候群主被逼得无路可退,只好装聋作哑。这个时候一青就很紧张了,她不知道又会是什么事情找上她了。她惶惶然地等着群主来找她,做她的思想工作,或者转告什么政策给她。

可是,这次很奇怪,群里很安静,也没有谁来找她,一青松了一口气。过了几天,一可又喊一青开车带他们出去爬山了,这次还喊上了一尘,他们四个人去登高望远去了。

爬山的时候,一青右手的大拇指被藤蔓上的刺划开了一道口子,血淋淋的,她怕他们看见了,就用纸巾揩干,用餐巾纸包好,外面用一根细藤缠上。

下山吃饭的时候,一尘问她,你这手指怎么了?一青说,没事,进去了根小刺。哦,那你得剔出来呀。嗯,剔出来了。一可瞄了一眼那被血浸透的纸巾,没有吭声。他们四个人要了一只裹着泥巴烤熟的野鸡、一盘河鱼,还有几个小炒,一可拿出事先备好的茅台,拿了三个玻璃杯倒满刚好倒完。喝到一半的时候,一山又把一可杯子里的白酒倒给他一点,一尘嚷嚷着阻止,说喝酒不准帮忙,一可的酒量比他的还要大些。一山倒都倒进去了,一尘也不好再坚持了,一青没有说话,她知道一山怕一可喝醉,她也知道一山心里把一可装得满满的。他们在一起吃饭的时候,一山总是把一可喜欢吃的菜给她夹得满碗,总说他喜欢丰腴的,要有胸又要有屁股的,不喜欢排骨,哄着一可吃多点。他们在山上小憩的时候，一可小鸟一样依在他的胸前，一山总是把自己的外套脱下来罩在她的身上。一可发嗔的时候，他嘴巴上说着，别再掐了，我腿上已经没有一处好肉了，晚上洗澡两条腿都是青紫的了。但是却任一可去掐，一点也没有躲避或是用手轻轻地挡开一下。

　　酒快要喝完的时候，一山去厕所了。一可看着他走出去后，房门刚刚合缝的时候，一可借着酒劲一把抓住一尘的手。这个动作让一青吃了一惊，她看到一可用手摩挲着一尘的手掌，眼睛却死死地盯着一尘的眼睛，他们对视了大约有十几秒，一青分明地看到那眼睛里的烈焰。一可说，晚上在风水山庄等你，那里还有你意想不到的收获。一尘的手无力地动了动，似乎想抽开，但一瞬间又软软地放弃了。直到走廊里响起一山的脚步声。一可听到声音马上放开了一尘的手，一山进来刚坐下，一可就顺势倒到一山怀里，拉着他的手使劲地摇着，娇嗔着，怎么才来？放个水要这么久吗？一青的脑袋肿胀了，她看到一可竟然这样当着她的面演了这么一出，生生地看到一可和一尘那样，而且一尘竟然没有拒绝！她的心像被锯齿拉了一刀，眼睛也开始充血了。一尘明明说过，他们是兄妹的感情，他做什么都会站在一青的一边啊，而且一尘多次骂一青没有骨气，说他是恨铁不成钢！怎么他也这样了?!

　　一青猛然想起有一次，一山下去埋单去了，大家都走下去了，一尘还坐在那里。一可走到门口的时候，一青也起身说，一尘你慢慢吃，我去一下厕所。一可听见后马上倒回来搬个凳子坐在一尘身边去了，当时一青出去没有想什么，以为一可有什么事情要跟一尘单独说。而刚刚戏剧性的一幕让一青突然明白了，她的脑海放电影一样想起了过去许多的细节，想起了一可喝酒后硬要跟一米跳曲舞，想起一山一不在家里她就使劲地呼叫群主⋯⋯想到这些的时候，她觉得胸口憋闷，一阵恶心。

　　一青拉开房门，独自走上那条山带带。一青没有喝酒，此刻却像个醉酒的酒鬼步履蹒跚，她的脸颊上流下一颗颗豆大的泪珠，她的眼前又出现了弯又弯里面的那个山谷，那些憨憨的山民、那些可爱的野兔、那些毛茸茸的瞪大了眼睛张望着她的狗尾巴草……可是那一切都在她滚下的一颗颗泪珠里碎裂了，她感觉那汩汩流淌出来的是带着温热的血，一颗颗砸在她的脚尖上和前面黄黄的泥土上。

晚上，一尘来到一青屋门口，一青把自己反锁在房里，不肯开门。她说："一可不是约你去风水山庄的吗？"一尘隔着门板喊："我的傻妹妹呀，你以为我会真去吗？你快开门，我有话跟你说。"一青开了门，一尘一屁股坐在沙发上，一青倒了杯水给他，一尘接了放在桌子上，埋着个头半天不吭气。一青说："不是有话说吗？怎么进来了又不说了？"一尘的脸扭得像根麻花，叹了口气，说："一青呀，哥哥我难呢。"一青拉了张凳子在一尘的对面坐下了："哈，我知道呢，一可约了你多次了吧？还不是为了我手里的线路牌。以前你们一个个都在群里说我是你们的妹妹，我又是群里混得最差的一个，大家都说要照顾我。结果一个个都成了一可的工具，一可要你们干吗就干吗，这不，现在轮到你了。"一尘说："既然都到这个份上了，我也就直说了吧。他们都跟你说了要你让出线路牌吧？他们也是惧怕一可的叔叔呀，一句话不对劲一年十多万的收入就飞了。而且现在又是承包制，自由组合，生杀大权都在她叔叔手里。一可也是多次约过我的，也要我做你的工作的，我直接拒绝了。并且跟她说，越有钱的人越不肯放松，群里就属一青最弱了，也要给一青一条活路吧。你猜一可怎么说。"

"猜不出，她怎么说？"

"她说有两点。一点是她喜欢你手里的那个线路牌数字，吉利发财的数字。以前并不觉得这个数字有什么窍门，现在政策一出台，越来越证明吉利数字的重要性。第二，她要证明自己在这个群里的权威性。"

"天，我怎么就这么惨，一个数字就撞到刀刃上了！"

"是的，怪不得你，要怪只能怪这个数字。一可今天当你的面是给我下了最后的通牒，要我做你的工作，如果你不让出来，我就会是第一个终止合同的人。因为我的合同马上就要到期了，她说会停止跟我签约。而你的合同当初是签了三年的，她已经等不及了。她说，以后有机会会给你留意另外的线路牌。"

"那怎么办？要是连累到你，我的罪过就大了。"这话一出口，一青的鼻子都酸了。

"怎么办？还能怎么办，誓与她斗争到底！豁出去了，老子就不相信天底下就剩这一条活路了，她今天约我晚上去见她，我偏不去，直接来找你了。你不要管我的事，没有线路牌我照样可以生活，你坚决不能让，三年下来还有几十万元的收入，到时你有了本钱还可以另谋出路，我不能眼睁睁地看着你几十万元就这样没影了。"

"可是，我不让出来，就断了你的活路了，这也是你的饭碗呀。算了吧，我可不想再害别人了。"一青说着说着眼泪哗的一下全涌了出来……

八

一青失踪了。群里再也见不到她的发言，她也搬家了，她所有的联系方式都变成了空号的嘟嘟声。她把手上唯一活命的线路牌双手交给了一可。她头也不回地走了，她在这个城市消失了，谁也不知道她去了哪里。

一青的失踪让这个群彻底地瘫痪了，大家再也没有兴致在那里闹了，就连天天都要在群里巡视一回的那句"呼叫群主！"也销声匿迹了。一山他们都去忙各自的工作去了，一青成了他们心里的一个疮疤，谁也不愿去触及这块伤痛的地方。

霜降很早就过去了，立冬，小雪，大雪也过去了，冬至来临的时候，天空越来越阴晦，那滚滚的云海都被镀上了一层沉重的铅，眼见天幕尽头被压得越来越低，越来越低。远远地看，好像天地在遥远的地方连成了一体，都是那些垂垂的死灰，分不清哪里是天、哪里是地了。窗户上的冰凌花开得越来越多，越来越多，一个个，一朵朵，一簇簇。终于，天空爆裂了，天上像天女散花一样飞扬起许许多多洁白的爆米花来。地上一夜之间积起了一床厚厚的棉絮。

  一可穿上了厚厚的羽绒服，她身上的羽绒服也是白色的，站在雪地里整个人变得惨白，像个纸人。其实，很多时候，她拿着自己曾经日思夜想的一青的那个线路牌的数字出来看，觉得这个数字不过如此了。冷冰冰的，那只不过是张铁片，一串没有生命的数字，也许这个数字会给她滚来越来越多的财富，但是，她却感觉自己的心越来越空了，空得无边无际，空得恐怖，空得连她自己都不认识自己了。

  一可总在特别虚空的时候想起弯又弯来。她很想去看看弯又弯冰天雪地的模样，但是她又不会开车。

  终于有一天，她忍不住一个人搭上了进山的班车，她在弯又弯下车了。她看到了弯又弯在一片素裹里静默着，什么都看不见了，树上是厚厚的雪，地上、山坡上，也都被雪覆盖了。天地一色，好一派涤荡，那个欢乐的世界被无情地埋葬在这厚厚的白雪下面了……

  突然，她好像看到了一青的影子，等她揉揉眼睛再看时，又不见了，什么都没有，整个山谷空荡荡的，空得只剩下了白。

朱砂痣

1

007是喜欢晒太阳的。

每次干活干到中午的时候,就有阳光越过高墙,顽强地蔓延进来。斜斜的光线就像放电影一样投射在地上。007把凳子挪到够到阳光的地方。也是怪,不管是冬天还是夏天,他都喜欢晒太阳。尤其是夏天,屋子里本来就像蒸笼,大伙儿干活时也汗涔涔的,都躲着那热辣辣的毒舌头,把凳子齐刷刷地往阴凉的地方拖;007呢,他偏不,他仍然端坐在金灿灿的光辉中,任头顶烟雾缭绕,豆大的金珠子吧嗒吧嗒地从脸上往下掉。也是年少体健,他居然没有得过病。

"007,有人来看你。"监狱长在外面喊。

007进了会客室。隔离玻璃外面站着个中年男人,早已拿起话筒立在那里。腋下夹着个黑色的金利来皮包,脖子上勒着条斜纹领带,配上那套笔挺的西服、抹了精华油的头发,显得很挺拔。007冰一样的目光扫过去,这个有模有样的男人顿时佝偻起来。007刚拿起听筒,中年男人的话就传了过来:

"崽,莫要怪你伢老子。我来看你一次,好不容易的。如今在广东办厂的也多,竞争很大,加上做的是电镀,环保部门管得很严,上百工人问着要吃饭的,压力大。都是请的人,身边没有一个靠谱儿的，原来是指望着上阵父子兵。唉，过去的都不说了，我也有错，不该把你丢在乡下……"

007盯着对面的墙，纹丝不动，也不接话。

"我知道你恨我，恨这个家庭。我错了，我改，还不行吗？求你了，倒是吭个气呀。"他望着007，希望007给个意思，但是007像木偶一样立在那里，一句话也没有。

"我每个月过来一次，一年也就是来12次，可是你要在这里待上6570天呀！这是个什么概念，你懂吗？"他说着，握紧拳头，狠狠地砸在面前的钢筋栏上。"等你出来，我也老了。要是这世上有后悔药卖，我就是倾家荡产也要买来吃！"中年男人的声音突然颤抖起来，眼眶的温度陡然升高，他用手指插进那打理得一丝不乱的密林中，额前那撮笔挺的门面也萎缩成了一团，横七竖八地耷拉在宽大的脑门上。

007像看电影一样，手里的听筒振荡出嗡嗡的声音。可是他仍然没有说话，嘴巴像是上了一层玻璃胶，严丝合缝，牢不可破。他机械地握着听筒，仍然保持着同一个姿势，像一尊永远凝视前方的塑像。

中年男人片刻之间就苍老了许多，喃喃地说："我每次来，你都这样，你要我怎么办呢？我要回去了，这是给你带来的零碎儿，还有十个糖包子，我知道你喜欢吃，还是热乎乎的。"说着打开他身边的那个高腰的铁饭盒。他一个个往外拿，然后拿出一个中间点了一点儿米花红的包子出来，说："这个是给你吃的，其他的就分给你的同伴吧。在这里不比在家里，要处理好关系。你小，不要去跟别人争高下，凡事忍着点儿，保护好自己。"

中年男人已经走了。007仍然立在那里，愣愣地盯着那个白面包子。渐渐地，包子中间的那一点儿朱砂红，在他的眼睛里跳跃着晕开、消融，朝四周漫去。他拿起来，轻轻地舔舐着……

2

  这是栗山监狱的劳动改造点。几千名犯人在服刑改造，007是年龄最小的，进来的时候刚刚满十八周岁。高墙内的生活是苦闷的，在这个狭小的空间里，他的稚嫩成了狱友们的调味剂。夏天，他们好几次扒下他的裤裆，说是看看有没有长全，他们喊他角一号男。007晚上蒙着被子呜呜地哭过几回。但后来时间长了，他也就习惯了。角一号男就一号男吧。

  有个年轻的女狱警待他很好，时不时地跟他谈话，听说是心理辅导员。女狱警叫曹庆功，一个很男人的名字，开始听到人家喊，还以为是个男的，后来才知道原来是个美女狱警。没有办法，身体发肤受之父母，这些都是由不得自己的。就像他不喜欢自己叫夏明威，可是户口簿上那么写，他也只能这么叫。他进了监狱，才知道有个外国作家叫海明威，特别厉害。可他就是一混混儿，还叫什么明威，想想就觉得名不符实，好像有人故意把跳蚤捉到他的头上，别扭得不得了。他还清楚地记得刚进来时值班室两个警察说的笑话，说警察要一个偷窃的少年在口供上签字，少年说他名字里的"燚"字有四个火，因为手都签麻了，想省下两个不写。所以007是很怕被人取笑的，尤其是他没有读多少书，说话总被人拿着一头，心里一想到这个就很不踏实。

  监狱里的人放风没事干的时候，有几次拿007把耍，曹庆功都替他解了围，还鼓励他好好改造，争取减刑，好早点儿回家，服务社会。他听了曹庆功的话，心里有一股暖流流过，那种高墙之内的孤独感也一扫而空，总觉得，有一双温暖的眼睛在盯着他，关注他。每次曹庆功喊他去谈话的时候，他也很受用。眼前这个美女警察没有一点儿让人惧怕的威严，她说话的声音很细，绵绵的，甜甜腻腻的，像一只正在花丛中采蜜的蜜蜂发出的嗡嗡声。即便遭到狱友的投诉，曹庆功找他谈话的声音仍然是暖暖柔柔的。曹庆功还跟他开玩笑说："007，你莫要去跟那帮老男人较真，他们吃的盐比你吃的饭多。在这里，保护好自己，有时间就多学习知识和技术，以后出去就能派上用场了。"他时常想，天大地大，这世界就没有个真正关心他的人，就冲曹警官那句话，一定得好好改造，如果连曹警官都对不住，那他夏明威就不是个人。

每当有休息时间，007 就开始看书，学习。曹庆功知道他喜欢摆弄电缆电线，就给他买了这方面的书籍。007 很激动，说等出去后一定要把书钱加倍还给她。曹庆功拍了下他的后脑勺，说："还什么还呀，把我当什么人了？只要你好好钻研，学到技术，要买多少书都给你买来。"007 憨憨地笑着，一脸的灿烂，让人想象不出这是个身上有重刑的人。那情景跟他父亲来看他的时候相比，简直是一个在天，一个在地。慢慢地，007 成了栗山监狱的牌子，电路短路了，总闸坏了，线路老化了，都是喊 007 去修。每次曹警官过来喊他的时候，他的喉咙在这间憋闷的屋子里能振荡出莫名的吱吱声。

这是白天的 007，晚上的 007 就很少有人懂了。

他把他父亲给他送来的零碎儿和包子都送给其他人吃了，只留下了中间有一点儿红的包子，用铁饭盒装着，晚上大家都睡了之后，他就拿出来，贪婪地舔舐着那个红圆点儿。他也不咬着吃，只是用舌头去舔舐，直到那个红色的圆点儿被舔得颜色都淡了，他还是舍不得一口吞进肚子里去。他在舔舐的时候，眼睛里会放出一种难耐的光芒，亮晶晶的，像一只在夜色中活动的斑斓之猫。

过了不久，那个包子因为放的时间太长，馊了，整个屋子弥漫着难闻的馊臭味。他们还以为是谁把屎尿屙在裤裆里面，忘记了清洗。于是，整个宿舍的人都在搞检查，折腾了半天却也没有发现目标。大家都很疑惑，这味道到底是从哪里冒出来的。年纪大些的 911 突然看到了 007 的那个铁饭盒的盖子没有盖好，就顺手拿了过去，一打开，被熏得要死，原来里面有一个包子腐烂发霉了。

　　911说："记得这个包子还是十多天前你老子给你送进来的吧，怎么就不吃了它？不吃也要早丢了，放在这里成了个祸害，搞得大家不得安宁，还以为是宿舍里进来了老鼠，死在了这里。更恼火的是，居然有人还以为是谁故意把屎尿屙到裤裆里了，玩黑色幽默，你看这闹的。"007不吭声，也没有当众道歉。有人发笑，说："911，你瞎操什么心？人家还在哺乳期，看那样子就是从小缺了奶。要不听说他是把女人的一个奶头给活活给咬下来，那个女人失血过多死了，他才进来的。一只奶头换来18年的青春岁月，够吃的了。"宿舍里爆发出阵阵浪笑。007的脸都绿了，牙齿咬得咯咯响，接着发出狼一样的嗥叫。他像一头受伤的豹子咆哮着扑了过去，跟大家扭打成一团。等监狱长和狱警赶来的时候，他们已经打得七荤八素的了。

3

　　007觉得自己很委屈。他每次做的打火机最多，可每次得的分数是取这个小组的平均值，而那些手脚笨拙的却得到同样的分数。于是，他做事就没有那么卖力了，变得懒散起来。

　　这天，曹庆功把007叫过来，问他："007，前段时间打架是为什么呢？听911说，是你把个包子放在宿舍捂臭了，怎么回事？"

　　007低下头，没有作声。

　　"跟我还有什么不好说的呢？"

　　007咬着下唇，两只手绞着衣角。

　　曹庆功看着他下唇渐渐泛紫的牙印，说："不想说就不说吧。最近看你神色也不太好，是身体哪里不舒服吗？"

　　007摇摇头，说："我身体好得很，没有哪里不舒服。"

　　"那就好，身体好就好。"曹庆功说着就从身边摸出一块巧克力给他。

007愣怔地望着她，没有接。

曹庆功笑着说："瞧你，还真是忘记了呀！今天是你进20岁的生日。逢十就是大生日，你父亲也许是事情太多，给忘记了。孩子没有个娘还真是不行，男人就是粗心。"

007还是不吭声。

曹庆功把手放在自己圆滚滚的肚子上，说："八个多月了，快生了呢。等我休了产假，你要乖乖的，不要跟他们打架。你是个优秀的孩子，不要跟他们一般见识。再说你一个孩子怎么打得过他们呢？瞧你额头上的大包，痛不痛？"

007仍是不回话，望着曹庆功嘴角边的那颗小黑痣发呆。

曹庆功又说："瞧我这记性，我喊你过来，是要告诉你个好消息。听监狱长说，根据你在这里的积极表现，他准备给你写份表彰材料，作为特殊案例申报上去，以后对你减刑很有帮助。你还年轻，还有大把机会。"她用手揉揉007的头发，说，"你长得跟我弟弟蛮像，他也跟你一样，有一双蒙太奇式的眼睛，头发也是自来卷的，我们都喊他'包菜头'。"

007扑哧一声笑了出来，说："包菜头？"

"对，蓬蓬松松的，长得像堆包菜。"

007的脸红了，说："你也吃一块吧。"

"好，我也吃。你不嫌这礼物太小就好。"

007一小口一小口地咬着巧克力，他的心也被蚂蚁一小口一小口地啃着。在这个世界上，真正惦记他的人能有几个呢？自从进来后，他的一生就这样交付了，也许从生到死，什么人都不会记得他，也不会晓得这个世界上曾经有个人叫作夏明威。有时候他感觉他的身体就是一只空空荡荡的麻布袋袋，娘生了他，就像空气一样消失了；他爹呢，长这么大就没有在他面前哭过和笑过，回来一次就又匆匆地走了，好像是他生命中的一个过客；爷爷奶奶都老了。这些所谓的亲人本来就离他很远，现在他被关进来了，就成了这个家族的耻辱。

007想告诉曹庆功，她是这个世界上最伟大、最美丽的母亲，连嘴角边的那颗小黑痣都美得一塌糊涂。他暗暗发誓，一定要好好改造，不好好改造，他夏明威就是猪，是狗！等出去挣到钱了，第一件事就是给她买世界上最漂亮的衣服穿。可他什么也说不出来，鼻子翕动着，像一尾被波浪推上沙滩的鱼，严重缺氧，翻着白眼，喘着粗气。一根烟的工夫不到，007就发出火车启动时的长笛音，泪水哗哗地下来了。

曹庆功说："007，不准哭，男儿有泪不轻弹。"说着递给他一张纸巾。

007停了好一阵，才止住了不听招呼的泪水。

曹庆功走了，她还要去医院做胎心检查。

4

007把曹庆功送给他的巧克力用块白色的方毛巾包起来，悄悄地藏在箱子底下。他刚刚放好，便听到外面一阵骚乱声，看到很多人冲过去，围在监房的窗户那里。007不知道发生了什么事情，也跟着挤进去看。原来是曹庆功！她出门的时候不小心撞到了哪里，绊倒了，现在肚子动了胎气，疼得满头大汗，地上还流了一摊血。007急得不行，大声呼唤着"曹警官，要坚持，挺住！"他奋力挤过去，瘦巴巴的身体紧挨着窗户的铁栏杆，牙齿咬得都快崩掉了，脸憋得通红，恨不得把铁栏杆掰开，好冲过去救她。可是铁栏杆纹丝不动，冰冷地阻隔在他们之间。没有办法，他只是个犯人，只能听着曹庆功发出撕心裂肺的叫声。他把手伸到栏杆外面，向她使劲地挥手，给她鼓劲儿。后面一拨一拨看热闹的人推搡着，用脚踢着，都要挤到前面去。007死死地抱着铁栏杆，任后面的人群把他的脸挤进窄小的铁栏杆里面，挤得变形，他也没有退让一步。007多么希望曹庆功能偏头看向他这边，看到他为她不停摇摆的手，要她一定挺住的眼神。可是曹庆功没有回头，只是用手按着肚子，嗷嗷地惨叫着。幸好120救护车呼啸而来了。看到曹庆功被七手八脚地抬到担架上，007的手才垂下来，身子也瘫软在栏杆下面。

　　007看着救护车开走了，心里面还是不能放松，像塞了块铅一样沉重。他想起奶奶经常挂在嘴边的话，说女人生小孩儿就是过鬼门关，现在医学发达了，还好些，以前好多女人都是活活送了性命的，真正是儿奔生来娘奔死！还说他的娘就是因为生他难产死的。007闭上眼睛，默默在心里为曹庆功祈祷。他希望救苦救难大慈大悲的观世音娘娘保佑曹警官，保佑她母子平安！他想起曹庆功跟他说过，她不会让她的孩子孤独，每年都会陪伴孩子过生日。他的心里一紧，曹庆功是因为给他过生日才特意过来的，如果这孩子生下来就没有了妈妈，那真的是他的罪孽了！如果曹警官真的没有渡过这次难关，他无论如何也要把这孩子养大，就是当牛做马也要供他上学，陪他成长，绝不能让他受到一点儿委屈。这会儿，他想到很多很多，做了很多的假设，每一种假设都是把自己放在主体上去考虑责任和担当。好像这孩子没有了母亲，也跟着就没有了父亲一样。

　　007在心里呼唤："曹警官，你千万要挺住呀！你的孩子需要你，我也需要你！"他感觉到了心脏剧烈的疼痛和痉挛。他泪如雨下，却用手捂住嘴，不让自己发出凄惨的声音。那一刻，他仿佛一下子就成熟了，是个真正的大人了！

　　也许是急火攻心，他的鼻孔下面流下了两道艳红的血。

5

　　这天晚上，007做了个很长很长的梦，他待在梦里不想醒来。那梦好像又不是梦，一切都是那样真实。他变成了那个青春飞扬的自由少年……

　　他好像看到易红走在滚烫的水泥路面上，用手扇着风，嘴巴里面自言自语着："这鬼地方，真的像是桑拿房。"她想起家里处理猪肉的情景，把铁钳插进烧得通红的煤藕中，等铁钳也烧得通红时再拿出来，去烫砧板上带皮带毛的猪肉，铁钳一放上去，肉皮就卷起来，上面的毛就烧得精光，冒出一阵阵青烟。此刻，易红就感觉她是那块放在砧板上被烫的猪肉。

她边走边用衣角去擦满头满脸的大汗，不时地露出身上的白肉。衣角撩了一下又一下，卷得皱巴巴的，跟一把孬盐菜一样了。

一个一脸稚气的少年紧贴在她的屁股后头。她拐弯，他也拐弯；她不走，他也不走。走到一条宽敞的大街上时，易红突然一个转身。她看到少年嘴唇上的绒绒毛，感到很好笑，便睨了他一眼，哈哈一笑，说："小子，你跟着老娘走了几条大街了，要是有什么难处就直说吧。你要是想打什么主意呢，也忒嫩了点儿，看你这模样，也只配给我送送打狗棍什么的。图财吧，眼光太差，真的是讨米的碰上了要饭的，我都饿得前胸贴着后背了，肚子一直在闹革命。"

少年见易红脸色和悦，并没有责难他的意思，便摊开手，露出一个香囊，说："这是从你身上掉下来的，我跟着你是想把这东西还给你。"

易红一看，脸色大变，厉声说："赶快给我！看你这娃儿也不是好东西，要是你真要还给我，怎么不喊住我？非要跟着我走？"一阵沉默过后，又冷笑道："哄谁呢？哄你老娘？"她咄咄逼人的气势把那小子唬得一愣一愣的，结结巴巴地说不出话来。易红冷笑一声，速度极快地把那个香囊一把夺了过去。

那少年憨憨地说："何必呢！我又不稀罕女人的东西。我跟着你，是因为……"

"因为什么？看你贼眉鼠眼的，就不是好孩子，说话不诚实。说真话的人是不会乱眨眼睛的，瞧你说话的时候眼睛一眨一眨的，叫你数星星吗？"

"我没有乱眨眼睛。"

"不要废话！老实说，你跟着我是因为什么？"

"你不是说你还没有吃饭吗？前面有个小饭馆，我先请你吃饭，再慢慢告诉你。"香囊给了易红，这少年倒镇定下来了。

"去就去，谁怕谁！"

他们选了一个靠窗的位置，视线开阔，可以望外面的风景。

"喜欢吃什么就点什么吧。"那少年把菜谱推到易红的面前，很有大牌的风范。

易红嘴巴都笑弯了："我的娘老子，今天出门可能是踩到了狗屎，行了狗屎运吧，居然还有人平白无故地请我吃大餐。清蒸鲈鱼，水煮大虾，一锅乱炖……"

易红还要说下去，那少年把菜谱一合，交给服务员，说"就来这些吧！"然后转头对易红说："看你长得瘦瘦小小的，可真能吃！你一个人能吃这么多吗？看你这打扮也是从乡里出来的，锄禾日当午，汗滴禾下土呀。"

易红扑哧一声，把喝到嘴里的菊花茶全喷到了那少年的脸上，说："你才多大，给我上大课？我都可以做你的老娘了。"

那少年用纸巾擦了擦，慢悠悠地说："你以为你是谁？我钱多的没有地方放，非得请你这个黄脸婆吃上一顿大餐？"

易红不笑了，脸上的肌肉一收紧，就当真娘们儿起来了，说："告诉我，你叫什么名字？"

"老子行不改姓，坐不改名——夏明威。"

"好！有个性，有气势，咱们就交个朋友吧。我叫易红。"

6

夏明威自从认识了易红，生活就出现了变化。易红给他买了辆摩托车，他就经常骑着，从村里的小道上啸叫而过，奔向县城的钢筋水泥。那声音野蛮而喧嚣，整个村子都能听见。只要出门，一玩就是一整天，不到深更半夜不得归屋。

村里的人一听见摩托车的嘶鸣，就知道夏明威什么时候出去了，然后又在什么时候回来了。别人的摩托车不像他的，发出那样惊天动地的声音来。村里人也不知道他的摩托车是个什么牌子，只是讲"有钱人就是不一样，连摩托车的声音都不同，那阵势，那家伙，活像霸王出阵"。有时候，心里没有做好准备，突然听到身后猛烈而尖锐的声音呼啸而来，人都被吓得半死，却又无可奈何，只得在他摩托车的浓烟后面顿足骂娘。有人寻到夏明威的爷爷奶奶那里去告状，要他们也管管孙子，不要搞得村里鸡飞狗跳的。夏明威的爷爷奶奶也摇头叹息："我们都老了，哪里能做得了年轻人的主？他不肯读书，初中没有毕业，冇娘崽，他伢老子又远在广东，冇得办法呢。"

唉，这人也真是的，不出去创业吧，就得受穷。出去吧，孩子又像一匹野马，变得不三不四。自己的根都腐烂了，挣再多的钱又有什么意思！大家说归说，还是一窝蜂地涌过去，朝着甜头奔去，也不管什么老人和孩子了。也许，生活本来就是这个样子，谁也无法阻止和改变。也许，时代改变人的观念，或者观念影响时代，这个问题谁也说不好。慢慢地，年轻点儿的都外出抓票子去了，田地开始荒芜，整个村子只剩下老人和孩子了，还有篱笆墙，狗，栏里打鼾的猪，山上抓虫子的鸡……

易红在县城开了一家发廊，请了四五个发廊妹，都是年纪轻轻的，最小的才15岁。夏明威经常来这里玩，还帮易红做一些跑腿的事情，如帮一些客人送送需要的洗发水什么的。但送的最多的，是香囊袋子。易红用把很小的东西装在里面，缝了口子，看起来很结实，再让夏明威骑着摩托车去送。有时候要去的地方比较远，也很偏僻，来人接了东西就走，什么话也不留下。夏明威有次好奇地问易红：

"红姐，你让我送的是什么东西？"

易红说："小孩子只管做好事情就行了，不该问的就不要问，不该晓得的事情就不要晓得，有时候晓得的多了反而不是件好事。"

夏明威脸色沉了下来，说："原来你还是把我当外人？"

"你实在想晓得，就告诉你吧，免得你东想西想的。其实吧，你晓得也无所谓，我一直当你是我弟弟，一根藤上的瓜。我要你送的是一种特殊的香水，进口货，国内买不到的，都是从海关偷税偷运过来的，所以卖得便宜，别人也愿意买，只是不能让人知道了，否则你姐就会倾家荡产了。你也不能拆封看，否则东西就会失效，别人就不会买了。"

夏明威知道后就不再问了。他从店里的妹子那里听说，易红也不容易，年轻的时候被人骗了，生了个孩子，做了未婚妈妈，后来结过一次婚，又离了，从此再也不结婚了，一个人做起了生意。他心想，一个单身女人带着个孩子，还能撑起一个门面，也确实是不容易。

每次夏明威送货回来，易红都要给他跑腿费，但都被他拒绝了。他说："要是我图你这点儿钱去跑腿，我就不会喊你红姐了。我是真当你是我姐。"易红也很感动，说："好，够意思！红姐会记着你的好。尽管你喊我姐，在心里我把你当儿子一样。毕竟，我大你20多岁呢！"

易红每次都要留夏明威吃了晚饭再回，有时候还带他去娱乐城唱歌喝酒，偶尔喝多了，就留他在她家里睡了。夏明威也真把易红的家当成了他的家了，有时候不想回去就在易红那边躺下。为此，易红还在隔壁给他准备了一间卧室，铺好床，搞好卫生，还在房间摆了盆兰草。他的那间屋子是当阳的，每次太阳晒屁股了他才起床。易红会做好早餐热在锅里，夏明威吃了早餐就又去易红店里帮忙了。

7

这是一个热得出奇的夏天。

夏明威不怕热，因为易红的生意更忙了，他出去送货的次数也多了。易红说，等挣够钱要给他在县城买套房子。所以夏明威父亲给他电话要他去广东帮忙做事的时候，他拒绝得非常干脆，说："我不想去，也不会去。我从小到大，你又关心过我几回？我想去的时候偏不要我去，你跟那些红嘴巴的女人风流快活，嫌我在那里碍事。现在需要我帮忙了，就想要我过去。可我也有事情做了，不指望你养活我，我自己能养活自己，还能养活爷爷奶奶。"父亲就问："你在家里做什么呢？"夏明威说："反正是劳动养活自己，不偷不抢的，你操好自己的心就行了。"父亲也就无话。

这天，易红特意打扮了一番，穿了件比较性感的红色裙子，胸前是层朦朦胧胧的透明的纱。她准备好午饭后就给夏明威电话，要他过去吃饭。夏明威一进夏红的门就感觉到喜庆气氛，发现桌上的菜比以往都丰盛，精心打扮过的易红也很漂亮和洋气。易红的女儿没有在家里，偌大的屋子就只有他们两个人。易红还准备了高脚玻璃杯和红酒。夏明威奇怪地问：

"今天是要接待什么客人吗？"

易红说："没有，今天就接待你一个客人。"

夏明威说："我都在这里吃了三年的饭了，还是什么客人？"

易红说："也是，你不是客人，今天让你当一回主人吧。今天是我四十岁生日，我特意准备的，谁也不喊，就喊你陪我过生日。"

夏明威还是第一次喝红酒，喝完一口感觉嘴巴里面涩涩的，说："以前只是在电视里面看到别人喝这洋玩意儿，还以为是什么好东西，原来这么难喝。那些外国人吃的东西，我们中国人就是吃不习惯。"

易红就捂着嘴巴笑，说："你是从来没喝过，所以不晓得它的好，久了就会懂得了。等下让你再尝个新鲜的玩意儿。"

"好！我就喜欢新鲜的玩意儿。"

夏明威有些醉了，脸变成了猪肝色，眼睛黏在易红隐隐约约的胸部上。易红也感觉到了，她用手点了一下夏明威的额头，说："看什么呢？小小年纪就不学好。"

夏明威说："你弄错了，我不是看那个东西，是在看另外一个东西。"

易红摇摇头，说："还狡辩？看了就看了呗，不许撒谎。"

夏明威说："还记得我们第一次见面吗？那年的夏天也很热，在县城的大街上。"

"当然记得，你跟踪我干吗？"

"我看到了你胸前的一颗红痣，跟我娘的一模一样。"

"哦，好像从来没有见你提过你娘。"

"我从小就没有了娘。他们告诉我，我娘生我的时候难产，一生下我就死了。其实，我知道他们在说谎骗我。记得很小的时候，娘给我吃过一次奶，我看到了她胸前的那颗红得透明的痣。还隐约记得她说，我从小没有喝过她的奶，就让我尝尝奶的滋味。她把奶头塞到我嘴巴里，我就看到那颗红艳艳的痣。从那之后，我再也没有见到过她。我记不清她的样子了，只记得那颗红痣。"

"真可怜！来，让你尝个新鲜的东西吧！它可以让你忘记一切痛苦。"

易红到房间鼓捣一阵后，拿了个矿泉水瓶子出来，上面有根管子。她要夏明威吸一口。

夏明威很是好奇，说："这是玩的什么游戏？"

易红说："你敢吸吗？你吸一下就晓得了。"

夏明威说："有什么不敢的，吸就吸！"就眯着眼睛吸了一口，又说："什么都没有。"

易红说："来，再吸一下试试。"

夏明威就又吸了一口，接着又吸了一口……他全身发热，感到非常亢奋。蒙眬中，他又看到了夏红胸前的那颗红通通的痣，那种透明的红在他的瞳孔里燃烧，发出毕剥毕剥的炸裂声……

8

　　谁也不相信，活蹦乱跳的007说病倒就病倒了。平常都说他的身体好得不得了，也从来不见他生过什么病，连个喷嚏都没有打过，真的是病来如山倒，说倒了就倒了。这人的命也许真的是个定数，谁也不能预测，谁也不晓得来路和去路。

　　等曹庆功休完产假，回来值班后，007已经病了几个月。他躺在病床上，脸白如纸，呼吸微弱，高热不退，时不时双手乱舞，嘴巴里喊着一句什么话，可谁也听不清楚。医生说他是急性白血病发作，活不过半年。

　　曹庆功去看007的时候，007已经陷入昏迷，气丝游离，瘦得皮包骨头。她轻轻地呼唤着他的名字，而不是007："明威，明威，你醒醒！"

　　医生说："他可能已经醒不过来了。"

　　曹庆功的眼泪滴在夏明威的脸上。他居然睁开了眼睛，可是好像不认识曹庆功了，他只是痴痴地望着她带来的那束艳丽的康乃馨，眼睛迸发出最后一抹亮光，笑了。

回家以后

1

王海和妮子赶到清远村的时候，天就暗了下来。老娘没有像往常那样，端着个手电筒在村口等着他们。北风呼啸着，不知吹翻了哪家屋檐下的柴火，哗啦一声，惹得村子里的狗吠个不停，各家屋里的灯也跟着亮堂起来。

王海和妮子推开堂屋的门。老娘在屋正中坐着，没有开灯，电视却开着，冷白的荧光映得她的脸更冷了。"姆妈，看电视不开灯，费眼，咱现在也不差那几个电费钱。"王海说着，就拉亮了堂屋的灯。灯是节能日光灯，有个橘色的灯罩套着，屋里顿时暖和了不少。老娘没有接话，她的屁股抬也不抬，眼睛紧盯着电视，那神情好似不晓得屋里进来了人。

妮子绷着脸，放好行李，正要去端碗吃饭，才发现桌子上空空的，干净得没有一点儿内容。王海也愣了一下，揭开锅盖一看，冷锅冷灶的，心里也感到疑惑，怎么回事？明明提前两天打电话告诉了老娘，她还在电话里答应得挺好。不过，这会儿他也没工夫去想事，肚子里正打着猛鼓呢。他看到妮子那张脸，心下一凛，赶紧淘米做饭，在厨房里忙活起来。王海看到桶里有一条斤把重的鲫鱼，在水里慢悠悠地摇着尾巴，忙高声喊，"妮子，快过来帮忙抓鱼，好久没吃到新鲜的鲫鱼了，还是活的呢"。那兴奋劲儿，好似上辈子都没有吃过鱼一样。"嘿，新鲜事儿，你平时袖子都懒得挽的，今天倒还能下厨房了呀！"妮子倚在厨房的门框上，也把嗓门扬得高高的，眼睛朝正在看电视的老娘翻了翻。

老娘这会儿的心思在电视上，看得眼睛都不眨一下。要是平时，晓得他们两个要回来，老娘掰着指头算时间，会提前一天去上街，精挑细选，大包小包的，都是他们最爱吃的。他们落屋的那天，老娘是雷打不动地备好饭菜，再到院子前面的老槐树下去转悠，直到望见他们的身影了，才三步并作两步赶回去，把凉了的菜再热上一遍。他们到屋的时候，就能听到锅铲热热闹闹的欢呼声。老娘把最后一道菜端上桌，说句"累了吧，快去洗手吃饭"，脸上的褶皱便一层一层地垒起来，堆得跟朵花似的。要是回来的时间是晚上，老娘必定是风雨无阻地端着个手电筒在村口等着他们，再和他们一道回去。

"今天是个什么毛窍？"妮子想不通畅，就凑到老娘身边问，"姆妈，演的什么戏，这么好看？"老娘没有接她的话，还是看着电视机。一脸的笑，笑得眼角的菊花盛开到了极致，那深深浅浅的纹路弯得高高的，翘翘的。妮子睨了一眼电视，正在播一个相亲的节目，再看老娘，她还是一头栽在电视里，看得津津有味，好似电视里有个小丑演员，不停地逗她乐，让她脸上的笑一直停歇不下来。妮子的脸都绿了，一把拿过遥控，一摁电源，屏幕上一片黑。老娘才回过神看到妮子。老娘拧着眉头，定定地看着她，那神情怪怪的，半晌才蹦出来一句："你是……啥时回屋的呀？"装什么，不是提前几天打电话通了气吗？明明晓得我们今天要回来，这么晚了连个饭菜都没张罗，还好意思在这里看电视？妮子在心里嘀咕着，嘴上却不吱声。突然，她好像想起了什么，又噌噌地跑到他们的卧室。一打开门，一股霉味扑鼻而来，眼前的双人实木床上空空的，用手抹一下床沿儿，一掌的灰。妮子的脸拉得更长了。

老娘是个心思细腻的人，每年妮子和王海回家过年，老娘都会用端午节晒干的艾叶、菖蒲和雄黄做成熏香,放在房间细细地燃着,一进屋,就能闻到淡淡的艾香。这样熏过的房间,蟑螂、蜘蛛、蜈蚣什么的,就不敢进屋来了。还早早地把被褥晒了又晒,知道他们哪天到屋,就会提前一天铺好,用的都是簇新的床单和枕头。人躺在床上,暖和,绵软。被子也又轻又柔,像一片巨大的鸟的羽毛,盖在身上,舒服得死。更让妮子欢喜的是,老娘会在床头放一对新的大红或是粉红的鸳鸯绣花枕头,用手摸一把枕头下面,会抓到花生、干桂圆、红枣、腰果。那每年不变的新婚场景,都让妮子心生欢喜。后来,妮子生了两个崽,老娘更是舍不得她干活,冬天就是用冷水洗把脸,老娘也会喊住她,急慌慌地给端盘热水来,生怕她得了"一指之寒"。两个崽三个月断了奶后,妮子就去了王海的工厂。两个人在广东打工,双宿双飞,家里都是老娘照应着。现在两个崽都长成人了,念大学去了,家里就只剩了老娘一个。老娘烧得一手好菜,又很会打理家务,人勤心善,乐于助人,一辈子没跟村里人红过脸,也不跟儿媳拌嘴,家里家外都被她打理得井井有条。清远村的人都说,要讲五好,讲模范,只有王家的婶婶当得起,言传身教,家风习气,样样都占上风,都是呱呱叫的。妮子也打心里佩服老娘,不服气都不行。每次他们回家,老娘都会里里外外地做好准备,看着没有什么素材,但经过老娘手上一搭配,不用花多少钱,就会整出一大桌子香喷喷的菜来,有荤有素,色香味俱全。她和王海两人想吃饭就可以吃饭,想睡觉就可以躺下睡觉。这么多年来,老娘的习惯是一成不变的。

妮子觉出反常,这次回家就好像突然穿越到了"解放前"。她猜想,或许是村里的长舌婆婆们说了啥,让老娘改了心思,换了生活方式。妮子也晓得,如今的老人守着电视看,思想也跟着潮了。城里的老人不是出去旅游就是去广场跳舞,吹吹弹弹唱唱的,都搞得蛮文艺。农村的老人看多了花花世界,也跟着学了不少,心思恐怕也改朝换代了。老话讲得好,春种秋收。老娘没病没痛的，地里也种着应季蔬菜，家里还养了几只鸡鸭，下得几个蛋来。妮子心想，她和王海两人一年到头在外面打拼，风里来雨里去的，还不是为了这个家？就不心疼他俩的辛苦？等两个崽拢窝了，一家子都要吃饭，难不成都要指着她吃饭？老娘常说，出门看天色，进屋看颜色，难道从现在开始是要她看老娘的颜色？那可不行，老娘跟着村里人东家长西家短，都学得滑溜了，可她妮子人又不呆，也不是好欺负的！

　　妮子越想越气，冲着王海撂下一句"你就弄你的饭吧，我去娟子家里了"，说着就把门重重地一摔，震得瓦檐上的落叶扑棱扑棱地落了下来。

2

　　王海是丈二和尚摸不着头脑，冲着门口喊："那你还回来吃饭吗？"余音在屋里缭绕着，妮子早就没影儿了。他看一眼坐在屋里的老娘，电视一片黑，老娘居然在打瞌睡。他心里纳闷儿，刚刚电视开着，妮子又闹出这忒大动静，居然没吵醒她。

　　这么多年，老娘为支持他和妮子在外打工攒钱，无论多难，都不会拖他和妮子的后腿。他身边的同事，不是因家里老人生病住院被要钱，就是被这事那事催着回去，老娘总是安安静静地守在屋里，照顾两个孙子，从不让他分心和烦心。现在，他不知道老娘搞的是哪一出。王海看了一眼高压锅，气阀正在呼呼地往外冒热气，饭还没熟，菜也切好了。他就走过去，搬了把被柴火熏得黑不拉几的竹椅子，坐在老娘的身边。老娘膝盖上盖着一床烤火被，腿子下面蹲着个小火箱。王海伸手一探，火箱里面冰凉冰凉的，老娘坐在那里居然能睡得着，耷拉着脑袋，时不时地摇摆一下。王海咕哝一句"要睡就到床上去睡，怕摔着"。老娘没有听见，还打起呼噜来了。那声音还蛮有规律，一阵阵的，跟高压锅的气阀门发出的声响此起彼伏地呼应着。王海叹了口气，看着老娘打瞌睡。她那刀削了一样的脸颊又弯下去了一轮，颧骨耸得骇人，蜘蛛网一样的纹路深深地刻在蜡黄的脸上，一头乱蓬蓬的白发在灯光下跟银丝线一样白得发亮。王海心里一痛，娘是真的老了！

　　老娘这天上地下的态度，也怪不得妮子发那么大的火气。以往不管是儿子、儿媳还是孙子从外面回来，她就跟只鸟雀一样欢快，唠叨个不停。记得去年回来，老娘还拉着王海的手，说他黑了，又瘦了，说妮子也变得老相了，没得以往懒豆腐一样的嫩相了，说他们在外面都受苦了……真的是有讲不完的话，说得那深深的眼窝里都蓄满了泪水。可这次，老娘的话都在肚子里冬眠了，王海在厨房里忙碌那么久，老娘愣是没有过去看看，也不问起他，就连妮子发那么大的火，门框都差点儿被她摔掉了，老娘都是充耳不闻的。要在以往，妮子脸色一下来，或者说那么丁点儿酸话，老娘就听出笋笋来了。她是很灵性的，听不得那些带软刺的话。记得有次老娘端菜出来，不小心把一块肉掉到了地上，妮子看见了，就说了句"如今大城市的肉价都跟着房价上涨了"。老娘听后，立马把肉捡了起来，吹了吹，就塞到嘴巴里嚼着咽了下去。见儿子正拿眼看她，老娘就笑着说："咸淡刚刚好，香哩。放心，地板都扫得跟镜子似的，不沾灰。谁家屋檐下，没有个磕磕碰碰的事儿？"老娘生怕他们夫妻不和，就连小指头大的事情，都不让妮子去湿手，总掐着他这头说话。王海当然懂得老娘的心思，大事化小，小事化了，家和万事兴嘛。他是家里的独子，妮子又是老王家的功臣，生了两个带把儿的，他就是有屁，也得收着点儿放。心想，这次是怎么了？难道老娘是真的身体有恙了？耳朵也不灵便了？他绕着老娘转了一圈，左看右看的，也看不出个名堂。

3

　　妮子借着这股气出了门，居然没有觉出寒风钻入脖颈的彻骨的冷。她到娟子屋里时，娟子正在织毛衣，眼睛盯着电视，两根长针挑得飞快，刚巧身边没有其他人。见到妮子推门进来，娟子惊讶地说："妮子呀，啥时回来的？王海呢？"

"快莫讲了，前脚一伸进屋，就闹了一肚子的气。"妮子横着那张柿饼脸，一屁股塌在娟子面前的木椅上。

"被王海气了？为的什么事呀？王海是个老实人，哪次不是你在欺负他？"娟子笑着招呼她嗑瓜子。

妮子顺手抓了把瓜子，攥在手心里，拿了颗放在两排牙齿中间一嗑，瓜子仁儿就落在嘴里了。她呼的一下把那两瓣空壳狠狠地吹得老远，说："还不是那老不死的。"

娟子用手戳了一下她那窄窄的前额，说："你呀，这张嘴哪时也变得歹毒起来了？老人是个宝。在我们清远村，只要谁家有个难事，只要你老娘能做得到的，她从来没有推辞过，就我那一对崽女，你老娘都帮忙看管了几年呢。这么多年，你和王海都在外面，你的两个崽是风吹大的呀？"

"哼！没有我的功劳，他老王家能这么人丁兴旺吗？再说了，爷爷奶奶带孙子，那是天经地义的事。"

"真是笑话了，那天底下在家打牌和满世界去旅游的多着呢！那他们不还得过下去？老人生病了，不还得照样要侍奉二老？"娟子说着朝西边的里屋努了努嘴。

妮子晓得娟子的公公婆婆很少给她带孩子，除非是娟子实在没有空，或者是生病了，才帮忙带一下。倒不是重男轻女，娟子育了一男一女，儿女双全，主要是两位老人的思想前卫，完全不照搬老祖宗留下来的传统套路。他们说这养儿育女的经络，就得父母自己去体验那把屎把尿、起早贪黑、忙得鸡飞狗跳的日子，不然就不晓得自己是怎么长大的。他们以为，养儿育女跟种树一样，把苗一插，不闻不问，经风呼啦一吹，没几年就长成树了，人也是一样。娟子也时常跟她倒苦水，但也是说归说，做归做，每次又把话给圆了回来，说老人家嘛，劳碌了一辈子，想玩就让他们玩去，只要他们身体安康，过得舒心，不害个倒床瘫痪的病，就是给后辈造福了。这样一来，娟子肯定就要辛苦些了。

想着老娘这些年来的付出，妮子说话的声气也就不自觉地小了下来。

"娟子，还记得上学时咱们是同桌，那个时候我家里穷，你每次到学校来，书包里总要捎个煮熟的鸡蛋来给我吃，生怕我饿着，那感情，比得过亲姊妹呢。咱们是闺蜜，我有个什么事，第一个想到的就是你。"妮子老不情愿地瞪了娟子一眼。

娟子说："你倒是说来听听，我也帮你把把脉，到底是受了哪种天大的委屈。"

妮子就把这次回家看到的说了一番。

娟子说："你是想多了吧？菩萨面前烧了一世的香，还摸不准菩萨的脾气？你老娘的个性连我们都晓得，她不是这号人，她都恨不得把心肝掏出来给你们炒菜吃了呢。"

"瞧你这话，好似我妮子的心是墨汁做的。"

"哈哈……你是身在福中不知福。我两杯酒不吃，干吗要吃一杯酒？你认我这姐妹，我就得为你负责。"

"那这是咋了？"

"莫急，莫急，让我想想。"突然，娟子一拍脑袋，说，"妮子，你老娘已经七十有二了吧？"

妮子掰着手指算算，一脸蒙地点点头。

"你和王海再不能出去打工了，要好生在家侍奉老人。你娘肯定是身体有毛窍了。"

"谁说的？别看我老娘是个精骨人，却能吃能睡，健旺得很。我和王海在外面这么多年，老娘从来没上过医院，就是有个头疼脑热的，自己在家里多盖一床棉絮躺躺，发发汗就好了。"

"越是说大话就越容易误事。你们回来的头两天，你老娘晕倒在村东头的田坎上，还是我扶她回去的。回去后我给她冲了杯姜糖水喝了，她又好些了，却不时地嘱咐我，要我不要跟你们讲，怕你们做事分心。第二天，我买了条鲫鱼去看她好点儿没，人没在屋里,她又去地里栽白菜秧了,倒也没有大碍,只是一下没认出我来。我说昨天还晕倒呢,今天就出来干活,也不在家歇歇?你老娘说她好好的,哪儿有晕倒呀,还问我是哪家的媳妇。这天天都能打照面儿的人,明明是昨天才发生的事,她却记不清了,你说怪不怪的。"

"年纪大了,犯糊涂吧。"妮子嘴上说着,心里却不好过。她想起了两个崽小时候同时生病,打针吃药几天,还是高烧不退,大崽才三岁,小的才两个月大,再这么烧下去,恐怕烧成脑膜炎。王海又在外面打工,家里没个拿主意的人,妮子心里那个急,真像被烙的煎饼一样。老娘二话没说,背起大孙子,抱起小孙子,就坐车去了市中心医院。在医院照顾了整整七天,几乎没有睡觉。两个孙子的烧是退下去了,老娘却瘦下去了一圈……往事历历,一件件地在妮子的脑海里淘洗,那一件件、一桩桩的,都离不开老娘。

也是怪,村里年岁大的老人多,身体甭管多孬,可从来没有叫错过人名。娟子的这句话,让妮子的心咚地弹跳了一下,她隐隐觉出了这个家的重心是要轮到她的头上了。老娘的脚印在前,她是得一步步跟下去了。

4

王海一个人在家里倒腾,虽是笨手笨脚的,却还让他整出几个菜来。饭菜都已上桌了,老娘还在瞌睡,妮子也迟迟不见回来。天冷,气温低,这么等下去,饭菜也要结冰了。王海几次打开大门,想要去娟子家接妮子回来,前脚都迈过了门槛,又收了回来。心里想着,他这第一次下厨,妮子不但不打打下手帮忙,还发火、骂人、摔门。虽说好男不与女斗,鸡毛蒜皮的事儿就懒得计较了,男人嘛,这一家之主的威信得树起来。人嘛,都是要老的,何况老娘劳碌了一辈子,从来没有失过分寸,就一次没有想周全，没有做好，难道她就要翻天了不成？

当王海第三次推开门，看到张大爷挑着一担粪从屋门口经过。外面的风呼呼的，铁扫把一样扫到脸上，生疼生疼的。张大爷头上的军绿色的棉帽都被吹歪了，一只帽子耳朵耷拉到前面，挡住了他的左眼。他不得不停下来，放下粪桶，把帽子扶正。看到王海站在门口望，就问他啥时回来了。

王海望着那担粪，胃里一阵翻腾，想用手捂住鼻子，又觉得会失了礼数。怎么说，他肚子里头也算有几滴墨水，在厂里是个技术人员，大小还是个主管，管着几条生产线，好几十号人马。但两桶粪算什么，他可是见过大世面的，得有君子风度。王海顿了一下，伸手从衣兜里掏出一包黄芙蓉烟来，抽出一根，走过去递给张大爷，说："张大爷，抽根烟，解解乏。"张大爷赶紧接了，叼在嘴上，用手一摸衣兜和裤口，说："出来得急，忘带打火机了。"王海掏出打火机，咔嚓一声打燃，另一只手半握，挡住风。

"呦，还是大城市好，一个打火机都不同。是镀金的吧，机身都锃亮锃亮的。"说着，嘴巴叼着烟凑过来。还没等吸上火，一阵风过来，摇曳的火苗就熄灭了。王海打燃，又熄了。又打燃，又熄了。这样反复了几次，张大爷都没有点上火。张大爷急得不行，说："这鬼天气，想吸口烟，解解乏都不行，不吸了，不吸了。"

王海说："张大爷，要不去我屋里歇下肩？"

"我倒是想，只是这一身的氨气味，不太好吧？"

"冇关系，乡里乡亲的，谁家地里的菜不是这氨气味熏陶出来的？我每次回来就是在家过个年，转身就又走了，难得碰到你们一回，连说句话都冇得机会。"

"嘿，这肚里有墨水，讲出来的话就是水平高。也好，那就进屋去坐几分钟吧。"

进了屋，张大爷看到一桌子的菜，说："你们还没吃饭吧？

那我就不坐了。"王海说："没事，在等妮子呢。"说着又打燃打火机，替张大爷把烟点燃。张大爷长长地吸上一口，再吐了口气，说："我还是头一次抽这个牌子的烟，挺贵的吧……"

张大爷告诉王海，谁家的老屋又翻新了，谁家又新建了别墅，洋房子又宽敞又气派，看得他这心里呀，啥滋味都有。王海就说："时代不同了，家乡的变化真是大，到处都是高楼大厦，真不晓得是城市覆盖了农村，还是农村覆盖了城市。放心吧，你崽也会修一幢，到时你老就可以享福了。"

张大爷摇摇头，说："指望他？下辈子吧。这两口子心齐着呢，宁可把地荒了不种，也不出去做事挣钱。都是败家子，不是抓牌去了，就是摸麻将去了。我这辈子就只有这挑粪的命。不过，说真的，你倒是可以修幢洋房子，让你娘也享享福。你娘不容易，一个人把你拉扯大，吃了不少苦。"

王海说："再打两年工，说不定这洋房子就竖起来了，也不枉我在外漂泊十多年。到时要请全村人都来热热闹闹地喝杯酒……"

张大爷说："真到那天我一定要来讨杯酒喝喝的。不容易呀，还记得你才十岁，你爹就得病早早地去了，你爷爷奶奶的身体也不好，家里的担子都落在了你娘的肩上。那时候的日子过得苦，一个月见不到荤腥是常事，你娘一个女子硬是把地里的农活都扛了下来。秋天的时候收割，她一个人背不动打谷机，就喊我帮忙，我帮她把打谷机背到地里，她帮我割了三亩地的稻谷。你娘遇到个难事，只要谁帮了她，她会记人家一辈子的恩情。村里的媒人见她日子过得艰难，劝她要么找个条件好的嫁人算了，要么找个肯上门来的男人也行。你娘硬是不同意。也有喜欢你娘的，主动上门来提亲，都被你娘劝回去了。谁心里都晓得，你娘是在护犊子，生怕找的人跟你不合套，怕你受委屈……"

不知不觉，张大爷手上的烟也燃到烟屁股那截儿了。这个时候，老娘醒了，她看到张大爷，愣了一会儿，想要说什么，嘴巴哆嗦了一阵，却什么话都没有说出来。

张大爷说："把你给吵醒了吧？还是你的福气好呀。你看我，这大冷的天，还得挑担粪到菜地里去呢。"说完就作势要走。

老娘望着张大爷说："老王呀，你哪时回来的？回来怎么也不事先跟我讲讲，我好准备饭菜。"

张大爷张着个嘴巴愣在那里，不知如何是好。

王海急忙说："姆妈，你看看清楚，这是张大爷，他去菜地路过这里，我喊他在家里歇歇脚。"

"哪里呀，这明明是老王，人变得老相了，胡子也都变白了。老了的人可怜，你怎么不相信我呢。"老娘说得情真意切，好似王海给她撒了个弥天大谎。

张大爷讷讷的，一下子不晓得说什么好，他把手上的烟蒂在凳子上抵熄了，说："我走了，谢谢你让我抽了这么好的烟。"

王海赶紧送出门，说："张大爷，你莫要计较我老娘，她是年纪大了，记性也差了。这次回家提前两天告诉她了，哪里晓得我们晚上到屋，她饭菜都冇准备，妮子就气得跑到娟子家里去了。"

"唉，我哪里会怪她。人老了，都是一根藤上的苦瓜。"张大爷摇头叹息着。一弓身子，把那担粪放在肩上，闪了两闪。准备走了，又回头说："不怪，你爹以前经常跟我一起去地里施肥，你娘就帮忙浇水。你和妮子过完年就留在家里，多陪陪你娘，不要再出去了。票子是捞不完的。金窝窝，银窝窝，还是自己的狗窝窝好。"说完就迈开了步子。

老娘像个小孩子，呆呆地望着屋门口，喃喃自语："老王，你怎么就这样走了呢？是我又做错了什么事吗？"

5

等张大爷走远了，老娘好像想起了什么，她推开每间屋子的门，又把灯全部拉亮，转来转去，寻找着什么。王海以为她在找妮子，就告诉她，妮子到娟子家里去了，等下就会回来。老娘还是摇头，她拉着王海的胳膊，指着打开的每间房子，嘴巴哆嗦着，说又说不上来，急得眼泪都流了下来。王海说："姆妈，你莫急，你要找什么告诉我，我帮你去找。"老娘用手抹去泪水，想了半天却又想不起来，懵懵懂懂地站在那里。王海不晓得老娘是想起了哪些久远的往事，或者是哪个日思夜想的亲人，只得任老娘摇晃他的胳膊。突然之间，他感觉他像是站在大街上，老娘呢，就像个迷路的孩子，揪住他不放。人海茫茫，人影憧憧，每个路过的人都惊讶地扭头看他，看得他一头雾水，看得他想狂奔而逃。远处，一眨一眨的灯光，像一双又一双橘色的眼睛，点亮每间房屋，让他不敢与它们对视。

　　外面的风一阵紧一阵地刮着，树上的枯叶早就落光了，只剩下赤裸裸的树杆杆和光秃秃的枝条，它们凌乱地默立在看不见的苍穹下，瑟瑟发抖。王海突然打了个冷战，脑子也跟着清醒过来。他扶着老娘坐下烤火，然后踮起脚尖走到门前，望了又望。灯光中，真的多了好几座弯檐翘角的别墅，它们雄赳赳、气昂昂地立在那里，那宫殿一般的外观和设计，让人看得眼热心跳。王海想，屋里的主人要是他自己，该多好。他看得眼都酸了，才返身进屋。

　　就在闩门的时候，王海发现大门上的锁已经生锈，两边门板开裂，留下一道道长长的缝隙，门上绿色的老漆斑驳不堪，一块一块地剥离。再回头看看堂屋，檩条、窗棂在风吹雨淋中早已褪色，暴露出年轮的秘密。还有厨房的窗户玻璃空了一块，老娘寻了块木板卡在那里，挡着外面呼啸来去的风。这一切是那么熟悉，又是那么陌生。这些经过多年风雨积攒和沉淀下来的内容，跟坐在屋里的老娘一样沧桑，它们默默地相守，在时光中互为遮掩，又互相取暖，是那样协调，又是那样触目惊心。王海呆呆地立在那里，仿佛回到了童年。余晖将尽未尽的那一刻，大地、树木、人、狗，还有村庄，都染成了古铜色。爹爹挑着粪桶去地里施肥，老娘用瓢跟着浇水。有大人领着几个孩子在田里插秧，每挪动一步，都能听到哗啦哗啦的水响……

王海猛然想起，直到现在，老娘都还没有喊他一声"崽"。他望着坐在板凳上茫然无助的老娘，感到一阵揪心的疼痛，泪水不自觉滑了下来。此刻，他也跟老娘一样心头悬空，一片茫然。

6

真冷呀，怕是要落雪了，那厚厚的云层中想必是裹着马上要炸裂的棉桃一般的雪花吧。妮子抬头看看黑蒙蒙的天，缩了缩脖子，迎着凛冽的寒风，加快了步伐。她的脑海里一直回荡着老娘的叮嘱："妮子呀，你和王海在外面做事要安心，不要牵挂着家里。家里的孩子有我呢，孩子都争气，又听话，成绩又好……家里的田地有我呢，年年都有新鲜的蔬菜吃，吃不完的就做腌菜了……家里的房子不用担心，有我呢，每年我都要上屋顶捡瓦堵漏的……妮子呀，一个家能不能兴旺发达，关键时刻还得看女人能不能挺得住。男人是砖，女人就是瓦……"

此时，狗已经不吠了，村庄沉静，大地安然。拱桥下面的流水也静悄悄的，它们经过身边的枯草、落光了叶子的柳树，又穿过田野，横越村庄，一直向前，向前。

家务长

1

"晚晚,我爹爹昨晚亥时去了。他咽气前留下了话,说家里没有当大事的人,要请您来当家务长。"明生边说边扶着柳青云的胳膊,单腿下跪,行了个孝子礼。柳青云扶明生起来,说:"当就当吧!我也是进八十的人了,隔土的日子也近了,说不定跟你爹爹一样,哪天说走就走了。我一辈子冇当官的命,就当当这个家务长吧。"

柳青云赶到灵堂时,大哥已经安然栖息在漆黑的千年屋里,几个侄媳妇跪在灵柩旁边烧钱纸。柳青云望着大哥微微含笑的遗像,不禁悲从中来。他深深鞠了三个躬;点三炷线香,插到香炉里;走到铁脸盆旁,烧起钱纸。礼毕起身,把明生递给他的那条土纱白布捆在腰上。然后,掏出手机,一一拨号过去,请和尚师父来念经。又安排二哥的大儿子负责后勤采买,差人去山上折松柏枝,请好包场搞红白喜事的厨师,喊来隔壁邻居帮忙搭外场的棚子。将白色的对联两边贴好,把白色的气垫充好气,在气垫中间再贴上白纸,上书三个黑字——"当大事"。

一切事务安排下去,柳青云又退到门口,双手叉腰,凝望着整个灵堂,觉得像那么回事,又觉得不够到位,缺了点儿什么。缺什么呢?柳青云看着屋里屋外忙忙碌碌、进进出出的人,一下子也说不上来。只是心里有那种感觉。

柳青云突然想起，明生来的路上告诉他，大哥攒下了十五万元，一直舍不得花，也是不想让子女出丧葬费。他知道，大哥一辈子省吃俭用，从不乱花一分。大嫂因病已先去往极乐世界，留下大哥一个人守着老屋场过了十八年。逢年过节，子女们来看望一下，也就是几天工夫的热闹。听明生讲，大哥死前，还上街扯了几丈白布，他怕儿媳们买的质量不好，又怕他们不识货，买不到那种质量正宗的土纱布。柳青云心想，唉，人这一辈子，值不值，就看怎么个活法，大哥也忒死板了，人都不在世上了，还管那块白布正宗不正宗！明生还讲，医院检查出来肝癌晚期的时候，都瞒着没有告诉他，怕他经不住打击。结果身体状况不行了，瞒不住，才告诉他实话。在最后的日子里，他疼痛难忍，去医院住了三天，因为怕死在那里，就又回到了自己的老屋。柳青云这才悟得，怪不得一个月前经过这里时，大哥还好好的，他戴着副老花眼镜，端坐在门口的枇杷树下，没病一样，还谈笑风生的，一点儿都瞅不出来是个绝症病人。临死前，大哥还要他在屋门口拍了张照片发到家族群里。在北京工作的小侄儿说："老头子精神矍铄，有儒雅之气，真像个退休了的老教授。"

2

第二天，和尚师父到了灵堂，开始念经了。歇个把小时念一下，孝子们就要拜经，拜忏，在灵前烧钱纸。念救苦经的时候，长子端着灵牌带领其他孝子孝孙们围着灵柩转圈，低头敛目，有感情的还要拍棺痛哭，诉说死者一辈子受过的苦难，场面越悲伤越好。据说，这样是给亡者在生时犯下的过错赎罪，可以减轻罪孽，使灵魂升入天堂。

既然是土葬，就要搞得是个土葬的样子。柳青云心里总有点儿恍惚，感觉大哥咽气时把这样大的责任交付给他，是对他的无比信任，他应该做好这件事，当好这个家务长。

柳青云这样想的时候，就把明生拉到一边，问："打好坑眼了吗？请地仙架了罗盘看了向吗？"

明生说："请了，坑眼也打好了。爹爹在生时就把这事交代了，跟我姆妈葬在一起。姆妈离世时，这块地是他早看好的，那个时候就预置了两个人的地。"

"哦，要得，要得。你爹爹把这么重大的责任交付给我，自然有他的用意。他还有什么愿望没有实现的吗？"

"应该没有吧，该了的都了了。"

"哦，你们的生辰八字与他出殡的时辰合了几天？"

"六天。讣告上都写了。合时辰的时候，我心里就想着如果在家里待六天就好了，出殡那天也刚好套上了星期六，六六大顺嘛。小孩儿也放假，送他上山的人多些，场面热闹些。不想，真的就合到了六天，说明爹爹和我们的心思是相通的，我们想什么，他就应什么。这个时候的天气也热，要是放家里摆个十多天的，塞多少冰进去都没有用的，怕发臭。爹爹是个爱干净的人，脸相都改色了，还不肯在床上拉屎尿。有几次身边没有人，他也没有力气喊，就从床上滚下地，在地上拉了，等我们来了再收拾。直到最后一天落气，他的床上都是干干净净的。"

"哦，大哥的脾性我晓得，他是节省惯了的人，在家里多摆一天就要多一天的开支。上祭那晚唱戏的乐队请了吗？"

"没有请。还唱什么戏？都是些逢场作戏的把戏，费钱不说，还费精力，都是给后人立碑的。说某某的伢老子死了，场面搞得多热闹多隆重，还请人来唱戏哭丧，死者看不见也不听见，何必多此一举呢？可您是家务长，要是您说要请，那就请，没得半句二话讲的。"

这时候明生媳妇冒出来插了句，说："请也可以。但是晚晚，办丧的费用我们要给您交个底，老头子存的丧葬费在丧事上只能开销一半，剩下一半我们六姊妹要分的，也算是老头子留给我们的一个眼目吧。"

明生也赶紧接腔:"要得的,就这么办,其他事情都由晚晚做主。"

柳青云见明生在他媳妇面前唯唯诺诺的样子,吟了半晌,说:"大哥一生节约惯了,他舍不得浪费的,就随了他的愿,唱戏就不请了。那这样好吗?大哥人都去了,丧事也要办得像个样子,请套广乐班子给大哥热闹几天吧。"

"送山的乐队班子都请了的。"

柳青云说:"我知道,我说的是这几天和尚师父念经,有套班子在,吹吹打打地配合一下,他也念得有劲些,不然他都好孤单。"

明生说:"算了吧,家里还有几姊妹呢,意见难得统一,莫要搞得不痛快。"

柳青云想,难道你是他肚子里的蛔虫?他在生节约,死后还想着要节约?老头子留下了那么些钱,该花的得花,得给他热闹热闹。你们几姊妹自己不放放悲声,请人家帮忙来哭一场也行呀!你们也都搞得好,不差那几个钱,他自己留的钱就用在他自己身上吧。当家务长就得跟死者的思想套上拍子,按照他的意愿去办事,冥冥中也是有心灵感应的,我想什么,就是他想什么,不然请我来当家务长干什么?难道就是来吃六天白豆腐的呀?但他只是嘴巴张了张,却没有发出声,最后只化作一声长叹:"唉,我总觉得少了些什么。"

少了什么呢?

柳青云也不晓得。

3

柳青云肩膀上的白布从左肩移到右肩斜扎,怎么扎怎么不舒坦,可又到底是个怎样的不舒坦,他自己也搞不清。呆呆地坐在堂屋的一侧，听着侄媳妇们妯娌间的对话。

明生媳妇说："老头子一生也是享到福了的，儿子们都很孝顺他。只有娘老子去得早，没有享到子孙的福。"

几个媳妇都点头如鸡啄米。

老二媳妇有点儿神秘兮兮地问："老头子快要落气的时候想要见的人是哪个？"

明生媳妇说："还不是那个保姆。"

声气小了下去，柳青云尖起耳朵才听得到她们的谈论。

明生媳妇讲："老头子从知道自己的病已经到了晚期，倒床也就二十天。这段时间都是几个崽轮流守夜照顾，手机也不在他身边。几年前被赶走的那个保姆，居然到屋门口问老爷子是不是病了。她说她有种不祥的预感，晚上还梦到老爷子跟她说身体不行了，要她来看看。那天正好是明生守夜伺候老头子，他感到特奇怪，就问她什么时候做的梦。保姆说就是昨天晚上。邪门呢，人还没有落气，就开始托梦了！明生就把她引到老头子的床前。老头子还在昏迷中，明生喊醒他，说保姆来看他了。老头子睁开眼睛看了看她，跟她握了握手，没有力气说话，只点了下头，眼泪就流出来了。等保姆走了，没两个时辰，老头子就咽了气。"

"可不是呢，人要离开时，有些事情还真是扯不清的。"老三媳妇又开腔了，说，"老头子咽气的前两天，跟老三讲，他有个在一起工作了几十年的同事，姓李，老三也认得的，年轻时经常到屋里来，不晓得现在到哪里去了，很想见见他。结果当天下午，那个同事就从屋门口路过。老头子都九十岁了，六十岁退的休，他们已经三十年没有来往。"

"快莫讲了，听得我汗毛都倒竖了，起了一层疙瘩皮……"

柳青云望着那口漆黑的千年屋，突然觉得那里面的内容是如此神秘而丰富，那层包裹着冰块的被褥下面，不只是一具刚刚凉了的肉身，应该还有大哥的三魂七魄。

4

　　说到保姆，柳青云也是知道的。大嫂去世后，大哥好静，总不肯去几个崽屋里轮流着过日子，就一个人孤孤单单地伴着大嫂的遗像过，一过就是十年。十年过去，大哥的身体也不如以前硬朗了，就想请个保姆照顾，不用子女的钱，他有退休费付工资。和子女一商量，也都同意，有个人照顾也好，大家都省心。托人介绍，前筛后选的，最后大哥看中了一个五十多岁的妇人，也是个单身婆，听说老公是前两年得病死了，一个人在搞药材生意。子女多搞得不好，她也不想待在家里吃闲饭，让他们闹心。大哥也就是个头晕眼花的，平素不想做饭，保姆的责任也就是帮他洗洗衣裳，弄两餐饭菜。早餐他自己解决，中午弄饭的时候才过来，又不是倒床的病人，不需要端屎端尿的。事少，人清闲，待遇也不让人吃亏，自然有人愿意抢着干这份差事。

　　谁知道，半年后，这两人的生活倒过来了。每次明生去看老头子，都是老头子在搞饭菜，洗涮衣裳，保姆在品着茶看电视。明生气呼呼地说："到底是哪个照顾哪个呀？每个月开钱给你，莫不是请你来喝茶的呀？"老头子系着围裙，从厨房探出个头，应声说："明生呀，你来了呀，吃了吗？一起吃饭吧，我烧了糖醋鱼。你金姨今天感冒了，我让休息一下。"明生没好气地说："每次来都是她生病了，既然身体这么不好，还来干什么保姆呢？那她请你算了。"

　　明生回去后就把看到的情景告诉了媳妇。明生媳妇说："那还得了？赶紧把姊妹兄弟几个拢来，开个家庭会议。"一讨论，大家的意见都不相同，有赞成的，有不赞成的。有人说："只要老头子高兴乐意就行，只要他身体好就好。"明生媳妇说："傻呀！一码归一码，要是两人只是搭伙过日子还好，怕就怕在她哄老头子高兴了，把这种关系的性质改变了。老头子八十好几了，她还不到六十，图个什么呀？她那边的子女都不管她的，等老头子过世，我们还凭空添了一张嘴吃饭，何必自找麻烦？"这么一说，重心问题就出来了，大家统一了意见，跟老头子交了底。老头子也是五心不做主，再也不提请保姆的事情。

这事柳青云大哥也跟柳青云诉过苦，说："我就是想有个伴，日子过得有味些。不然天天一睁眼就是自己弄三餐饭吃，一个人看电视打瞌睡，又没有其他爱好，日子过得冇得味。我几十岁的人了，想要有个伴，也没有犯天大地大的错吧？有个合意的保姆，硬是给赶走了。"

"也是，也是。人都是要老的，相互体谅最好。"

明生也跟他说："老头子都是八十多岁的人了……也不想想我们后代的苦，照顾一个老人还不嫌够，还要照顾别个，又不是自己的亲娘老子。"

柳青云就说："那不呢，我们三弟兄，我是最小的，都快进八十了。你奶奶，我们三兄弟的娘，在那么艰苦的年月都活到了一百岁呢！你看看你爹爹的耳朵，比你奶奶的都长，耳垂那么肥厚，是有福的长寿相呀。我们是几代遗传的长寿基因呢，看你爹爹的身体状态，以现在的生活条件，比起我们那老娘，寿命应该只会多，不会少。"

"也有可能，我媳妇就说，别看老头子精瘦精瘦的，身板可结实着呢。说不定等他去了，我们也都七老八十的了，到时老得拜路都拜不得了，只得孙子、玄孙代替了，有味吧？"

"哈哈……有味。"

和尚师父此刻正在念救苦经，他手里的木鱼密集地敲打着，发出笃笃笃的声响。

5

第四天，族里的堂兄弟们送来花圈，抱来一大捆烟花爆竹。柳青云赶紧挥手制止，指着门口一侧摆放的一块牌子，上面写着

"禁放爆竹"。他们也就不再点燃引线。柳青云朝明生他们一摆手，明生立即会意，带领着兄弟姊妹、媳妇、孙辈排成两排，列队跪在灵堂门外迎接。堂兄们扶起跪了一地的家眷，就在灵柩前鞠躬，烧了钱纸。然后接过茶水，瓜子花生，动一下口，驱除晦气。柳青云吩咐管事跑腿的给他们每人发一块孝布下去。接着门外又来了一支来做人情的队伍，堂屋里，灵堂前后都挤满了人，柳青云又忙着指挥去了。

　　第五天下午就要上祭了。据说上祭的时辰到了就不能受任何人情了，也不接受亲友吊唁了，所以这天前来做人情吊唁的特别多。柳青云也是忙得脚不沾地，连水都没有喝上一口。要安排人给来吊唁的人发人情包，开车来了的，还要发条红带带，表示亡灵会保佑出车平平安安的。此外，还要还没有正式结婚的晚辈上红，玄孙也要上。柳青云虽然年纪是一大把了，也经历过许多的红白喜事，但还是第一次当家务长。他有时候觉得，自己指挥着一屋的孝子家眷们萝卜白菜般跪倒一槽，迎接前来吊唁的亲友，同时又要安排后勤采买、厨房一日三餐按时开餐、人情登记、财务入账出账等等一切事宜，俨然是指挥着三军人马的首长。这些人都得根据他的指挥行事，一切都在他的安排下按部就班，井井有条，柳青云是有种成就感的。他感觉他一辈子没有当过官是一大憾事，他真是能管事、能做大事的料子，又不由得佩服起大哥的眼光。

　　可每次他在迎来送往的当中，总感觉少了些什么，或者是哪里没有做到位，但又想不出到底是哪里的问题。这个念头有时候在脑海里时隐时现，蹦出来一下，又被前来吊唁的人冲跑了。

　　傍晚时分，上午来吊唁的堂兄们派了个代表来，问是谁在当家务长，会不会办事，懂不懂规矩。

　　柳青云挤过去问："什么事情？"

　　那人扬着手里的白色土纱布气冲冲地说："你是怎么当家务长的？！堂兄们过来怎么给他们发的是这个布？看不起人吗？"

柳青云愣愣地问："是这个布呀，不对吗？这可是大哥亲自上街去扯的正宗土纱布。"

那人又问："那你给娘舅家里发的是什么布？"

柳青云用手一指："也是这个布呀。"

那人指着他身上的白布问："你自己怎么也背着块白布？"

柳青云说："我是他的弟弟，我披挂白布都四天了，不对吗？给大家发下去的也都是白布，我做错什么了，你这么兴师问罪的？"

那人就说："你卵都不懂一条，来当什么家务长呀！堂兄和娘舅跟亡者是同辈呀，不能发白布，要发青布的，懂吗？你自己当家务长，你肩上背的应该是青布，晚辈才是披挂白布。"

明生媳妇就插了句："发都发了，就算了吧。家务长也是一片好心，青布比白布要贵些。"

"你以为家务长是那么好当的？一块布的颜色就代表了生者的辈分，青布、白布，还有上红，都是辈分的象征，怎么能够眉毛胡子一把抓呢？老规矩是万万年遗传下来的，怎么能破坏呢？破坏了就等于是打了亡者的脸。想想看，他能同意你这样胡来吗？还是老办法，一是一，二是二，出殡那天早上，大家都要来吃餐饭，到时给他们补发青布。必须的，冇得条件可讲的，冇讲规矩，哪有方圆？"那人不由分说把白布丢到桌子上，转身离去。

人群中开始议论纷纷。有人说"也太嚣张了"，也有人说"家务长不懂的地方就得问，不能不懂装懂，坏事咧，让人家看笑话的"。

柳青云愣愣地立在那里，脸上一阵阵发绿，刚刚那种油然而生的统帅感荡然无存。

6

出殡前还有个闭殓仪式。是生者与亡者的最后一次见面。亲人们看一眼亡者，把随葬的东西放好，就要盖棺上封了。柳青云问明生:"看好了和出殡的时辰了吗?"明生说:"看好了,闭殓是凌晨5点半,出殡是6点半。"柳青云说:"那好,今天晚上所有的直亲都在这里守夜,免得错过了时辰。这么早赶过来,也不安生,怕撞上什么灵异的怪事,这个关键时候要注意点儿。尤其是出殡的时候,要看看时辰闭殓八字跟哪些年份、时辰的人相冲,到时跟出殡时辰相冲的人就回避一下。也是依照老规矩,凡事以防万一最好。"明生连连答应,说:"我会通知大家,今晚就都陪老头子最后一个晚上吧。到时,我来收集大家的衣边角。"

凌晨3点左右是最难熬的。柳青云坐在堂屋里的靠椅上闭目养神。老二把几条凳子拼在一起,躺在上面睡,老三也坐在桌子边趴着睡,老四在里侧蜷缩着身子睡。他们在灵堂侧屋守灵,怕屋里进来了猫、狗等冲撞了亡灵。这几天由于轮流来守灵,连续熬了几天夜,差不多都被搞乏了,躺倒在什么角角窝窝的都能睡着。其他的家眷都在楼上摊起地铺,横七竖八地躺在地上和衣而睡。真像要上战场的士兵一样,只等号角一吹,随时翻身而起。

柳青云并没有完全睡着,他这个坐镇指挥的统帅一丝也不敢大意。在这个关键时刻,其他人都睡去了,只有他还半醒着。他时而掀开眼皮,眯着眼角观望一下灵柩周围有无动物进来。年轻人毕竟是不经事的,躺下呼噜打得山响,就是灵堂进来了老虎都不会晓得,别说是猫狗了。

好不容易挨到了凌晨5点,柳青云起身把明生他们兄弟几个一一喊醒,又去喊楼上睡着的人。大家迷蒙着眼睛到处寻找剪刀,把身上的衣服剪下一点点儿边角,一起交给明生。明生招呼弟弟们抬开棺盖,再抬开那床包着一床冰块的棉絮。柳青云站在正对大哥的位置,喊大家围到灵柩面前来。明生先把装好衣边角的袋子放进去,再把老头子生前喜欢穿的衣服一起放在千年屋的两侧空隙处。他知道,老头子生前没有什么特别的嗜好,既不抽烟也不喝酒,更不打牌,他的爱物少得可怜。柳青云安排明生几弟兄用胶布把大哥的手脚固定好。明生媳妇靠着儿子的肩膀，轻声说："我不敢去看，怕得很，怕看了晚上会做噩梦。"儿子说："那我先帮你看看吧，要是不太那个，我就告诉你。"柳青云望着大哥的遗容，对围在后面不敢靠前的家眷们说："快看看吧，最后一眼了，合上了棺顶就再也看不到了。自己的伢老子，不怕的，他会保佑他的子孙后代代代兴旺发达。老头子是个慈善的人，心里只装着后代子孙。你们看他的脸，真的还是跟在生的时候一模一样，面目慈祥得很呢。真就最后一次相见了，抓紧时间，5点半准时要闭殓了。"柳青云说这话的时候，声音急促而哽咽。他好像是在看着自己的后事，好像躺在千年屋里的是自己，他在心里呼唤着自己的至亲骨肉："快看我最后一眼吧，看完我就能安心上路了。"

柳青云心里对大哥说："大哥呀，对不住你！我这个家务长当得也是草草了事呀，主要还是磨盘压住手，想给你操办个热热闹闹的丧事也是束手束脚。带兵打仗也得粮草先行，没有粮草，我只是个狐假虎威的家务长呀！现在在这种场合，晚辈们还给家务长三分薄面，等你上山了，我就什么都不是了。没有做到位的地方，大哥多包容。你就安心上路吧，来生我们还做亲兄弟！"柳青云控制不住地老泪纵横，感觉这条归去的道路离他这么近，又这么真切。过了两分钟左右，他抹去泪水，问："都看了吗？"众人回答："看了。"柳青云说："那就以自己的辈分，平时喊什么，这个时候就连喊三声吧。"于是，灵堂里响起各种不同的称呼，有喊"爹爹"的，有喊"爷爷"的，有喊"外公"的，还有喊"公公"的。男男女女，老老少少，声音有小有大，有弱有强，此起彼伏。他们在这个庄严的时刻，在柳青云的带领下，送灵魂上路，勇敢而坚定。

末了，柳青云说："明玉站过来，你是女儿，要连拍三下千年屋，喊三声'爹爹'。记住从上往下拍呀。"明玉照着做了。柳青云抬手看看表，刚好是5点30分，一声令下："盖棺！"

7

　　6点半的时候,和尚师父和抬灵柩的十多个壮汉准时赶到,准时给亡者出了殡。柳青云心里松了口气。大哥交付的事马上就要做完了,这几天里他可是一刻也不敢松懈。那个青布事件,像是给了他一记闷棍,给他结结实实地上了一堂课。剩下的事情,他是什么都不敢马虎,不懂的马上请教念经的和尚师父。那个和尚师父抽了他不少的好烟,嘴巴也笑成了个弥勒菩萨。

　　讣告上写着8点半准时开餐。早餐来用餐的有五十多桌,马路两边一字排开,到处人头攒动,呼唤声此起彼伏,热闹得不得了。快到开餐时辰了,柳青云正要给厨房下令上菜,那边又闹起来了。邻居气冲冲地找到明生,说:"你们的家务长是哪个?今天这个事情没有处理好就不准开餐,怎么做事的?"

　　柳青云就立在一边,他马上应声:"我就是家务长,什么事情?"

　　"什么事情?看看你们做的好事!"她拉着柳青云到马路边的灵柩旁,说,"你扯个密线看看,你们的灵柩摆到这个地方,刚好正对着我们家里的祖先神龛,有这么办事的吗?"

　　柳青云赶紧道歉,说:"对不住,对不住,我还特意嘱咐了他们抬柩的,要看好位置,千万不要乱摆。可能是当时光线也差,出殡的时候你家里还冇开门,疏忽了,无心之过,无心之过。我马上安排人去移动一下。"

　　人群里有人问:"已经出殡了,是能随便移动的吗?"

　　"可以移动的,没事,没事。"柳青云说着就安排抬柩的过去,心里其实在打鼓。

　　那灵柩似有千钧重,十几个壮汉大声吆喝:"起!"终于往前挪动了几步。柳青云把两根长凳摆好。待棺柩稳稳地落在上面,他那颗蹦跳不止的心才安定下来。

8

　　灵柩队伍缓缓前行，乐队吹吹打打，车马披麻戴孝。柳青云指挥着送葬队伍浩浩荡荡地开拔上山后，心里还在犯嘀咕，少了些什么呢？还是哪个地方不对头呢？这几天他一直在悟这个问题，却总也悟不通。就在地仙师傅一声令下，灵柩缓缓地落在那个四四方方的坑眼中。他脑壳里突然有一道灵光闪过：啊！想起来了，怎么从头至尾都没有放哀乐呢?！是城管不准放，还是忘记了放呢？还有哭声，从他到灵堂后的几天里迎来送往，到闭殓，到出殡，到上山，都没有听到！

　　柳青云抬起那双浮肿的眼，茫然地望着后面的远山，山上郁郁葱葱，叠嶂层层。他好像隐隐约约听到山那边的声音，像是几只鸟在唧唧啾啾，又像是一曲哀歌正越飘越远……

云距离

1

筱宛漫无目的地走在大街上。她已经逛了三条街，买了三套衣裙。没有办法，她停不下来。她只有用眼睛去看花花绿绿的服装，用耳朵去听纷纷乱乱的脚步声，脑袋里才不想事。快要到家的时候，手机叮地发出一声响。筱宛心里猛地一紧，赶紧一拨拉。是筱迪发来的。她看到一个龇牙咧嘴的表情包，后面是一句：老宛，回来记得给俺捎个汉堡包，要记得拿番茄汁呀。筱宛心想，美的你呢，小鬼头。刷去屏幕，懒得回复。要是平时，她是会拐了几条街去买的。筱迪喜欢吃汉堡，她也喜欢吃薯条，而且喜欢沾着番茄汁吃。

到家的时候，妈妈正准备开饭。筱迪乐呵呵地走到筱宛身边，接了筱宛手中的袋子，东翻西翻的。

"真是没有带呀？"筱迪稍稍有些失望。

"这次失算了吧？还跟我打赌呢，你想吃啥，你姐肯定也想吃啥，真把自己当半仙呀？"妈妈解下围裙，戏谑着筱迪。筱迪也不恼，笑嘻嘻地给筱宛盛了饭，催着她吃。

"我爸又出差了？"

"看你，脑袋发霉了吧？老爸没有出差，我敢要你带汉堡吗？"筱迪说着给筱宛夹了一块她最爱吃的武昌鱼。

看着碗里的鱼，筱宛的脑袋里突然蹦出了安安跟她第一次吃饭的情景。安安点了一条鱼，吃的时候不小心给鱼刺卡到了，那根软刺在喉咙里刺得他又痒又痛，弄得他又是流眼泪又是擤鼻涕的，就是出不来，搞得两人都很尬。最后安安流着泪说："以后再也不吃鱼了。"她灵机一动，夹起那条鱼，说："不怕，我把它全部消灭掉，给你报仇。"这话把安安逗乐了，他吞了团米饭下去，硬是把那根软刺一起吞到肚子里去了……

筱宛内心犹豫着该如何跟妈妈解释。怪谁呢？也许谁也不能怪，要怪只能怪这没完没了的疫情，怪两个人不在一个城市。安安上次到家里到现在，还不到两个月。筱宛当时是那么高兴。他们相识两年了，安安终于决定跟筱宛的家人见面了，这说明他们的关系又向前推进了一步。筱宛知道安安是个非常理性和认真的人，他做的每件事情都是那么有条理，有计划，慢条斯理，稳步向前。安安的细致与她的粗心正好可以互补。可此时筱宛心乱如麻，不知道该怎么办，嘴上只说："筱迪，对不起，你给我发信息的时候，我已经快到家门口了，下次再给你买汉堡吧。"说完就埋头吃饭。她一点儿也不敢大意，这家里爸爸还好对付，妈妈和筱迪都是属精气的，一点点儿不对头，她们就能嗅出味儿，看出名堂。

可老实人也会吃老实的亏，不晓得怎么了，筱宛被鱼刺卡到了。这可是件稀奇事。筱宛做啥事都有点儿马大哈，唯独吃鱼是冠军。她从三岁就开始自己吃鱼，从来不会被鱼刺卡到，这是全家人都佩服她的地方。尤其是筱迪，简直是五体投地。学校要是开家长会，筱迪就希望爸爸妈妈上班没空，那样就可以要求筱宛顶替家长去了。筱迪曾经当着老师和同学的面，介绍筱宛："俺老姐，大学四年，拿到国家级奖学金和科研课题的家伙。她从三岁起就自己吃鱼，吃各种鱼。吃鲤鱼、草鱼、鲫鱼这些软刺多的鱼，都没有被卡到过，厉害吧？长得还有点儿像明星巩俐吧？"筱迪戴着眼镜，粉嘟嘟的，说话的时候单眼皮一挑一挑的，那满脸的得意，让筱宛脸红了一阵又一阵。

看着筱宛被鱼刺卡了，妈妈和筱迪都慌了神，毕竟筱宛长这么大，还是头一回。筱迪拿了陈醋要筱宛喝，妈妈用毛巾搓了一个米饭团要筱宛赶紧吞下去。喂醋的给她喂醋，拍背的拍背，折腾得筱宛的眼泪和鼻涕直流。筱宛是真正体会到了安安的那种难受，那滋味真是不好受。

"怎么样？下去了吗？"筱迪紧张地望着筱宛。

筱宛摇了摇头。

"不行就上医院吧，医院有专门夹鱼刺的镊子，处理一下就好了。"妈妈说。

"不用，一根软刺没什么大不了的，我到外面去走走吧，走动一下，也许就好了。"筱宛摆摆手，就出去了。

妈妈摇了摇头，说："这孩子，怎么了呢？"

筱迪说："妈，我觉得老姐心里有事，她应该是失恋了。"

"瞎说，你个小屁孩儿，懂啥子呀？"

"真的，我姐三岁开始吃鱼，什么时候卡到过？"

"这跟吃鱼有什么关系？"

"一个吃鱼能吃到这等境界的人，还能上鱼的当，说明她心里乱呀。"

"别瞎猜，你姐可没有你这么多的弯弯道道，她肚子里有几根肠子，我闭着眼睛都数得清，从小到大，说话不会打埋伏，哪会像你呀，这么精怪的。"妈妈没好气地说。

"晓得，我姐可不是三好学生，是五好。"筱迪说着做了个鬼脸。

"唉，你小你姐八岁，人情世故却比你姐熟稔多了。要是把这份聪明放在学习上就好了，我就不用这么操心了。"妈妈叹了口气。

"唉，天性呢，有人天生是做科研学术的料，有人天生就是孙悟空。"筱迪也学着妈妈叹了口气，给妈妈碗里夹了她最爱吃的西红柿，又用两只手把妈妈眉宇间的那个"川"字展平，说："别愁，愁多了，头顶就成了富士山的雪了。你看姐姐的学习成绩从小到大不用你愁，遇到一根鱼刺的事儿你就愁了吧！我的学习成绩目前是让你愁了点儿，但说不定以后你就不会愁了呢。"

"你们两姐妹，要是把智商和情商中和一下多好！"

看着妈妈放下了碗筷，筱迪赶紧起身说："妈妈，你去休息吧，这种粗活脏活还轮不到你亲自出马，有俺呢。"

妈妈扑哧一下，又叹息一声："哪里像是个十三岁的孩子！"

2

安安在学校的跑道上骑车，他踩脚踏板踩得很快，风在耳边呼呼而过。他想，要是能像哈利·波特一样多好呀！可这个现实的世界没有魔法，只有现实的人。骑到第五圈的时候，他已经汗流浃背，气喘吁吁，不得不停下来。

可一停下来，他又忍不住去看手机。打开微信，看到筱宛发了一条朋友圈。有人送了她一捧花，上面的纸片写着"女神节快乐"。安安这才知道今天是什么日子。他在心里哼哼："一个黄毛丫头，叫什么女神呀？真是搞笑。不就是一束花吗？有什么好炫耀的？"手机一关，他神色又黯然下来。那花，是谁送的呢？同事？朋友？说实话，叫他不去猜测那个送花的主人，一时半会儿还真是做不到。

安安到家的时候，妈妈正在门口张望。这家里除了妈妈，就是他了。当然了，还有打扫卫生的智能机器人灵灵，没有他，家里肯定会很乱。安安刚把自行车放好，妈妈就递了条毛巾过来，说："快去洗个热水澡吧！别受了凉，感冒了就不好了。"

"知道，知道，我们要提高警惕，为国家，为家人，为自己，做好自身防护。妈，我是个成年男人了，还在攻读博士，不是小孩儿，不会离家出走的。"安安不耐烦地说。

"你这孩子，不是为了你好吗？"

"知道，我和筱宛是两条平行线，永远交叉不到一起。"安安边走边拉开浴室的门。

"你呀，如今都什么年代了，你妈还是很开明的，哪儿有什么门第之见？只要你冷静下来，面对现实，考虑清楚。关键是你们生活在不同的城市，还跨省，七百多公里呢，那可不是用眼睛能丈量的，距离在那里管着呢。"

"不是地理距离，是心的距离。"安安说着猛地把门关上。

浴室门发出砰的一声响，震得他妈妈抚着心口说："哎哟，真的是儿大不由娘呀！"

安安洗了澡出来，看到妈妈坐在客厅沙发上垂泪，心下一软，就走过去道了歉，说他不应该发火，请妈妈原谅他。妈妈不理他，拿起遥控打开了电视机。安安在沙发的另一个角落坐下。两人都心不在焉地坐着，沉默如铁。

安安心里也很难受。妈妈生他养他，好不容易把他拉扯大，独自带着他生活，真是太难了，他真不应该冲她这么说话。可是，他跟筱宛认识也有两年了。这两年，他陪伴筱宛大四毕业，陪伴她攻读和学习，也是付出了心血的。筱宛本来是计划考研的，但筱宛妈妈说家里环境不允许，能早点儿就业也好。结果刚刚拿到毕业证，筱宛就马上参加招考去工作了，根本没有经历过社会的毒打。筱宛是那么单纯，他还想多陪伴她历练一下呢。安安知道自己的爸爸妈妈都是北京大学的博士毕业生，又都是985院校的教授，爷爷奶奶也都是大学教授，全家清一色的知识分子，实实在在的书香门第。而筱宛的学历和家境在他们眼里是不对等的。虽说在他的强烈要求下，妈妈和筱宛见了一面，但也没有明确态度。他妈妈还是建议他冷静下来，考虑一下现实的距离问题。他想，难道爱情真应该跟这些去画上等号吗？

初恋的失败给了安安很大的打击。那个女孩儿是他的师妹，还是学校的老师介绍给他妈妈认识的。师妹的父母跟他的父母一样，都是教授，双方的学历都差不多。师妹的学校还在隔壁，一抬脚的工夫就到了，按说是门当户对的了。可是，他们只接触了几个月，就莫名其妙地熄火了。最为可气的是，明明是他不来电的，却是师妹提出来的分手。师妹那个骄傲的模样，他想起来就来气。在师妹的眼里，爱情跟物质就应该是孪生姐妹。谈个恋爱，还要去求着她来谈似的。他不喜欢这样，他喜欢接地气。父母怎么煽风点火都没有用，他吹不响前进的号角，当然就没戏了。他觉得，三观不同的两个人永远是两个人，不会像他和筱宛这样，走着走着就走到了一起，跟一个人似的。在他看来，感情这东西是挺奇怪的，缘分很重要，感觉也很重要。筱宛的出现，是那么恰如其分。筱宛的稚气、淘气、雅气，她微微上翘的丹凤眼，她一见面就喜欢钻到他的腋下的样子，都是如许地真切和自然。尤其是陪伴和引导筱宛走上人生的轨道，让他找到了他的位置，一个让他很舒心很满意的位置。可是，他妈妈的话也不无道理，筱宛的工作跨省调离几乎没有可能性。而他真能舍弃一线城市的生活和工作，去筱宛的二线城市生活和工作吗？生活，就是两个人在一起过日子，多么现实的距离呀！

　　安安心里沸腾着，想起了许多往事。

3

　　都说三月梅雨天，这个三月的雨水却少。金灿灿的阳光照得人暖洋洋的。筱宛出了门，遇上社区的大妈戴着口罩在打横幅，还有几个人在旁边帮忙。一抬眼，路上的行人和车辆似乎比平常少了许多，公交车上也都空荡荡的。四周高楼林立，却显得落寞，昔日的热闹和人潮似乎都已随着时光远去。唉……

　　筱宛不知不觉就走进了晴苑公园，里面稀稀拉拉有几个人在散步，远远近近的木椅上坐着休息的人。他们聊天，观看下棋和打牌，或者干脆望着蓝天白云发呆。唯独公园中心位置的那棵金桂下的木椅空着，好似是专门在等待着她的到来。她心里一热，就朝那把木椅走过去。当屁股落在上面，她闻到一股馥郁的花香，心里有了踏实的感觉。这种感觉是那么亲切，那么温暖。毕竟这是她和安安第一次约会时落座的地方，再来的意义变得很不一样。两年前，她和安安约好要见面，安安就真的从 A 城过来，在他姑妈家里住了几天，其间把她约到了这里。安安的姑妈也在这个城市。以后每次来到这里，她都会去坐坐，感受着每一次的不同和相同。她一直记得，当时旁边的椅子上还坐着一对老夫妇，白发苍苍，却精神矍铄。她和安安跟他们攀谈了许久，从政治时局到当下的现实，再到经济发展，再到当下的年轻人的学业和就业问题。老夫妇滔滔不绝的，缓解了她心里的紧张和尴尬。从他们的谈吐和举止素养来看，应该是一对退休的公务员夫妇，生活美满、惬意、幸福。她当时想，年纪大的老人家就是经验丰富，他们什么都懂，什么都瞒不过他们。临走的时候，老太太还特意对安安和筱宛说："祝福你们，年轻人。你们两个很般配，郎才女貌的，好好享受这美好的生活吧。你们一定能白头偕老，美满幸福！"安安赶紧起身，一个劲儿地道谢。她却像只仓鼠惊慌失措，满脸通红，连连摆手说："不是的，不是的，你们误会了……我们才刚刚认识。"老太太笑着说："这小姑娘！不就是谈个恋爱嘛，在正当的年龄做应当的事情，还害什么羞呀？"她想起这些，就会忍不住发笑，笑自己太菜了。她是怎么也想不到，这对老夫妇有这般的火眼金睛，一眼就洞穿他们所有的秘密。如今却是物是人非。

　　她想起安安在微信上给她的留言，神情又凝重起来。两个月前，安安登上了她的家门。爸爸不愧是惜字如金的老干部做派，就是一句话兜底："这年代，年轻人的事情自己做主就行，爸爸相信你的眼光。"妈妈呢，说安安好秀气，个子这么高，细胳膊细腿的，就更加显高了，一阵风就能刮跑似的。还要她劝安安不要节食，多吃点儿，多锻炼，年轻人消耗大嘛。那语气，好似安安已经是准女婿了。她还反击妈妈，说妈妈的审美落伍了，现在都流行骨感美。妈妈说："那是说的女孩子吧？"她打了个哈哈，说："如今都男女平等了。"筱迪更是搞笑，说就要安安做她的姐夫了，以后谁要敢来追求姐姐，一律打出门去，毫不留情。

"瞧你这张嘴，是安安哥哥给你什么好处了？"她问筱迪。

"哪能呢？我们也是第一次见面呀。他能给我什么好处？都是感觉呗。"

"那你说，你给他打多少分？"

"本来是打90分的，看在那箱酸奶的份上，就打120分吧。"

"那满分是多少？"

"100分呀。"

"天哪！还超过满分20分呀。那箱酸奶的魔力就是大。"

"也不完全是，安安哥哥吧，一进来就问我了，问我是不是叫筱迪。你瞧，第一次见面就知道我的名字了，说明他的真诚和用心。后来走的时候，还特意回头跟我说，妹妹再见！嘿，一高兴，就多给了20分。"

筱迪这话把妈妈逗笑了。妈妈说："人小鬼大的，你留口气给我歇歇吧，小祖宗。"

筱迪就是这么个人，说出来的话笑得人死，她自己却是不笑的。

可如今，妈妈嘴里的香饽饽，筱迪眼里的安哥哥，还能留得住吗？安安说他也舍不得，但是没有办法，他们不该生活在不同的城市，两个人就先冷静下来，好好思考一下吧。也许，异地恋真的是太难。不知道要坚守到什么时候，两条轨道才会相交。他们的出发点如果错了，两条轨道也许就永远不会相交了。如果再来一次重逢，他们还会选择在此相遇吗？她不知道，她只知道当初她决心要考研的时候，妈妈极力劝她考公，当时她还跟妈妈大吵了一架。后来她又同意了妈妈的意见。其实并不是为了能早点儿就业，而是早点儿和安安走到一起。那个时候，她还在学校读书。自从那次计算机编程大赛被人推荐接受了安安的微信好友申请，安安就闯入了她的生活。相同的专业和爱好，拉近了他们的距离。在她心里，安安是个责任感很强的大哥哥，虽然与她未曾见过面，却一直在微信上鼓励和陪伴着她。她在去课堂的路上，去图书馆的路上，回宿舍的路上，都有安安老父亲般的叮嘱和絮叨。整整一年，他们没有见过面，却像老熟人，像恋人，又像兄妹，更像亲人。她感觉，他们天天都要说话，一天没有说话就难受。她参加国考的时候，填报了安安的那个城市，甚至他所在的那个区，结果分数是进面了，却又面临调剂到外省的人生选择。她只得放弃。后面的省考顺利通过了，却与安安的城市远了。直到她大学毕业，他们才在晴苑公园第一次见了面。她知道，感情和工作都是可以落地生根的，也都是可以随着未来变换的。人生就是这样，走着走着就要面临着抉择，就好像现在的他们，爱得越深的时候，缘分却越来越浅了。

4

　　安安连续骑了三天的自行车，每次回来就把运动结果发了朋友圈。可是，筱宛没有点赞，也没有发消息。筱宛好像一阵来去自由的风，突然在他的世界里消失了。

　　安安妈妈还是那样不爱洗碗。吃完饭，安安就动手收拾碗筷和搞卫生。这么多年，他好像跟妈妈达成了某种默契，妈妈负责做饭菜，他负责搞卫生，收拾厨房，灵灵只负责打扫灰尘。他洗碗的时候心里很不安宁，想起了第一次跟筱宛见面的情景。筱宛家离晴苑公园近，先到了。他到了公园就给筱宛发信息，问筱宛在哪里，他过去寻。很快两人遇上了，相互对视了一眼，很自然地就走到了一起。当时也不知道是谁先挽谁的手，总之，他们是手挽手地去公园中心位置的长椅上去坐着了。虽然他们在微信上有一年的交流，但见了面筱宛还是磕磕巴巴的，不知道要说啥。

其实，在见到筱宛的第一眼，他就有了一种安宁。倒不是筱宛的清纯气质让他倾倒，而是一种自然而然的亲昵，那种一见面就有一种久违的亲人般的感觉。他们后面一步步地接触，发现对方原来就是另外一个自己。安安又想起他们在一起散步的时候，他拿东西的时候不小心把裤兜给扯了出来，裤兜破了一洞，他的中指从洞里穿了出来。筱宛看到了哈哈大笑，说："你怎么穿条破裤子出来了？"说着握住他穿出裤兜洞的手。还说："不怕，等我参加工作挣到钱了，就给你买条新的。"他其实并不缺钱，只是在生活上比较随意，没有想要刻意地追求什么。但是筱宛的小手，却让他心里暖暖的。后来他们在一起玩的、吃的开销，筱宛都坚持要出一半，不让他吃一点点儿亏。他心里有点儿不安，但筱宛很坚决，容不得他有不同意见。他心想，多好的女孩子，自己怎么就要提出冷静一下呢？距离难道真就这么重要吗？其实自己也可以去筱宛的城市工作呀！心里一痛，手中的碗不觉掉到了地上，发出清脆的碎裂声。妈妈赶紧跑过来，露出满脸的担忧。他惭愧地说："没事，是我不小心。"妈妈低头收拾着地上的碎片，说："儿子，要是觉得家里闷，就约同学一起去外面玩玩吧。一切都会过去的，一切都会好起来的。"他用手搓着围裙，不知道该怎么安慰妈妈。他妈妈马上就要退休了，因为性格不合，早些年跟他爸爸分开了，一直陪伴着他，孤独地生活着，也是很不容易。

  他本来就很阳光，从不多愁善感。于是，就约了几个同学打游戏。大战了几场，他感觉酣畅淋漓的，人也精神起来。打完了游戏，大家就开始聊人生。他这才知道，他们的一个同学居然得了肝癌晚期。这个同学很优秀，也很努力，年纪轻轻就有一份不错的工作，在 A 城买了房子，还买了豪车。可惜这么年轻，就走到了人生的尽头，真的是命运弄人。他是什么都有了，就是还没有尝过恋爱的滋味。大家都替他惋惜。接着，大家又谈到应届生和研究生的就业形势。就业还是考研深造，许多年轻的学子举棋不定。当时筱宛征求了他的意见。他支持考公，也不知道是对是错。但毕竟结果还是好的，筱宛顺利就业了。筱宛告诉他，她那个班上的同学顺利就业的不多，考上硕士研究生的也不多，跟她玩得好的几个都没有上岸，还在准备二战。筱宛还算幸运，一毕业就顺利就业，一点儿也没有耽误时间。他大筱宛几岁，更知道就业竞争的残酷，很多年轻人用名义上的考研在家里啃老，有的甚至考了七次都还没有上岸。他走了一会儿神，又听到同学谈到他们换了多少次工作，换了几个女朋友。他们都觉得，快要到而立之年，是该稳定下来，好好奋斗一番，不然就要跟这个时代产生云距离了。他听到"云距离"三个字，心脏也急速地跳了一下。心想，原来距离这玩意儿也是弹性的，人与人之间的感情，也可以隔着一朵云的距离。云距离，也许就是他和筱宛的距离。

　　阿庆说他的女朋友已经怀孕了，自己也想结婚了。阿庆要他不要再保持处子之身了，该破的得破了。还问他，什么时候带女朋友跟大家见见。他有点儿不好意思，说："快了，快了。这种事情急不来，得双方都有准备才行。"他一直还想着多玩几年，难得逍遥自在。听到同学们把成家和安稳提上了日程问题，他有了一种紧迫感。时间就像一尾鱼，一个不小心，就溜走了，抓也抓不住。他爸爸也曾告诉他，要担负起这个家庭的责任，在什么样的年纪就要做什么样的事。他顺手拿起手机刷了下新闻。他原本还打算找筱宛当面谈谈，看来也没有希望了。跟筱宛认识两年来，他们的恋情就在这场时断时续的疫情中起起伏伏。本来异地就增加了相思之苦，很多次计划好的约会都被迫中断了。每次一提到筱宛，妈妈就会说"唉，别急，别急呀，得要好好考虑考虑，考虑好了再说"。考虑什么呢，他不知道。又要考虑多久呢，他也不知道。他心里明白，筱宛是横亘在他和妈妈之间的沟壑。妈妈固守着自己的观念、面子和尊严，把每样都看得那么重要。他心想，妈妈有妈妈的理由，毕竟筱宛来自草根家庭，妈妈又只跟筱宛见过一面，不知道筱宛的特别、不俗和可爱。筱宛当初考研考到 A 城来就好了，这样他们就可以经常在一起了。可那时他还只是当筱宛是妹妹，没有考虑这么远……

安安在同学们的喧闹中，沉寂下来。

5

筱宛每天翻看安安的朋友圈，可翻来覆去地看，也只是看到最近的一条骑车锻炼了三天的记录，后面就再没有更新了。这几天，安安一个字都没有发给她，也没有打电话。安安突然说要冷静下来考虑考虑，她心里慌慌的。她想，这一冷静，一考虑，是下了决心要分手了吧！她很想给安安留言，问他怎样了，却又不敢问，生怕安安说出她最怕的那句话来。

晚上，她躺在床上怎么也睡不着。打开手机一看，都凌晨两点了。一想到安安可能再也不会来找她了，枕头就濡湿了一大片。她怕影响筱迪休息，就悄悄地去了客厅。没想到她妈妈也起来了，见她一个人呆坐在沙发上，就在她身边坐下。她把头靠在妈妈的肩上。安安可能要离开她了，她舍不得。可是，说不定安安明天又联系她了，说不定明天两人又好了。她不想妈妈担心，只自顾自胡思乱想着。妈妈摸着她的脸，说：

"想他了吧？"

她"嗯"了一声，又说："妈妈，安安妈妈会不会不喜欢我？"

"你这么乖巧，他妈妈又怎么会不喜欢？"

"我每次跟安安在一起的时候，他妈妈就会打电话催他回去。"

"傻孩子，他妈妈不容易的。你们要尊重她的意愿。"

"都是爱吧，天下有哪个父母不爱自己的孩子呢？"

"睡不着，就把你们的事儿说给妈妈听听吧。"妈妈摸着筱宛的头说。

"有次我们一起去看了电影，看着看着，安安居然失声痛哭起来。可能是里面的情节感染到他了，让他想起了妈妈的苦。他趴在我的怀里，收不住声。周围的人都瞪眼看着，那场面真是有点儿尴尬。"

"男人有泪，重情。那说明安安不仅爱妈妈，他也爱你，在你的面前，他才能这么真实。"

"可是，可是……"

"我知道你们遇到难题了，你不说我也知道。你要给他时间，让他好好考虑清楚，看清楚自己到底要的是什么。一辈子很长，要考虑好自己的未来。无论他做出什么决定，都要理解他。人嘛，都要有个成长的过程。他是个好孩子，我第一眼的感觉是不会错的。"

"异地真的很难，很痛苦。我的闺密，都已经谈崩了三个了。她也劝我放弃算了，说等的时间越长，伤害就会越大。可我舍不得，我都想辞去工作去A城重新找了。"

"傻孩子！总会想到办法的。只要有心，终会走到一起的。物理的距离不是问题，心的距离才是。"

跟妈妈谈了很久，筱宛觉得心里舒服多了。她跟安安谈了快三年了，时间说长不长，说短不短，可真要让她放下，却是如此艰难。她的闺密劝她，何苦要在一棵树上吊死，凭她的条件，要工作有工作，要模样有模样，就是瞎子摸象也能摸到个好的。可她就有那么倔，她就是要在一棵树上吊死。没办法，天底下就有这样拧巴的人。

筱迪还是支持她的。筱迪跟她说，从安安到家里来的那天，她就认定了这个哥哥。筱迪还说自己有直觉，安安会融入这家庭，她闻到了亲人的味道。筱迪坚信，安安一定会是那个永远给姐姐遮风挡雨的人，把姐姐交给安安，她就放心了。筱迪的话让她安心了。在她眼里，妹妹就是个精灵，她相信筱迪的感觉。

是啊，在她人生最重要的转折阶段，安安扎扎实实地陪伴了她两年多。一天一天的陪伴，是刻骨的。安安的耐心和细致，让她一步一个脚印踏踏实实地行走着。她还记得那次他们在湖畔散步，安安对她说："万一这次考公没有上岸，你就把简历发给我，我来帮你包装一下，再投几个事业单位和国企单位试试，总能投中一两个吧。"她说："你就对我这么没有信心？"安安说："当然相信你，但也要做好万一的准备呀。"她望着安安紧锁的眉头，感受着这份沉甸甸的分量，心里很是高兴。回去的时候突然下起雨来，安安把她揽到腋下，撑着伞去路边帮她打车。她不肯，说要坐地铁回去，这样可以和他多待一会儿。安安就把她送到了地铁口。快要过安检口的时候，安安把伞塞到她的手上，然后在她的额头上吻了一下。她感到额头上留下了一个湿润的印记。她把伞还给安安。安安说："你拿着，我没事，用衣服挡着头就可以了。"看着她下了楼梯，安安才转身离去。她顶着额头上那个湿湿的印记，眼睛里也湿湿的。那是安安第一次在那么多人的公共场所吻她，她激动了好几天。

6

第六天了，安安还是没有联系筱宛，筱宛也没有联系他。

安安经过几天的思考，越来越觉得筱宛离得远了。筱宛以前是那样懂得他的心思，而且两人的三观是如此契合。可曾经的那种默契真的就这样消退了吗？他不甘心，打开微信，心里一震。不但没有筱宛的消息，而且筱宛把她的情侣头像给换了，换成了一只灰不溜秋的小狗。他心里很不是滋味，索性把自己的头像也给换了。

房间里挂钟的秒针每走一下，就发出有节奏的声响。声音很轻，安安却突然觉得特别刺耳。秒针每响一下，他在床上就想跟着翻动一下。最后，他不得不下床，把挂钟里面的电池取了出来。"这下总安静了吧？"他自言自语着。又躺到床上，强迫自己入睡，却睡不着。他想起了妈妈跟他的那次谈心。妈妈劝他，说："放弃算了，距离在那里管着呢。平常都是见不着摸不着的，就像空气一样。你和筱宛谈的是场注定没有结果的恋爱，又何必浪费时间和精力呢？"他盯着自己的脚尖，没有吭声。妈妈又说："如今男孩子走俏着呢。大城市里的剩女一抓一大把，可剩男就没有几个。"他说："我是认真的，我只想认认真真地谈场恋爱。"他妈妈说："认真好，年轻人是要谈的嘛。"说着就拿出来几张女孩子的照片，"这里的每个女孩子都有很好的资源，家庭也好，要模样有模样，要学历有学历。最重要的是，和你都在同一个城市。你选一个。"他用手一挡，说："可别这样，如今我还有筱宛呢。我还要考博，可没那工夫脚踏两条船。"他妈妈不高兴了，眼睛一红，眼泪就出来了。他说："好，好，总要给我几天时间好好考虑一下吧。"

　　想着想着，安安就迷迷糊糊地睡着了。他感觉自己的身子轻盈起来，变成了正义而勇敢的哈利·波特。小时候他一直渴望自己变成哈利·波特，这下真的成功了，他心里异常地激动。他指挥着自己的大脑，游荡在一个个城市的上空，下面是蚂蚁一般的人，还有鳞次栉比的各种建筑。棉絮一般的云朵飘来荡去，一忽儿在他的头顶，一忽儿钻到他的脚下。他心想，哈利·波特应该是要做点儿什么的，便把身子压得更低，俯视着地面上的车辆和人群。突然，他看到一辆卡车正冲向一个站在斑马线上的小女孩儿，便立马飞身下去，把小女孩儿抱走了。他飞到一块空地，把小女孩儿放下来。这时，湖边又有人在喊"救命，有人落水了！"他循着声音又飞了过去，正准备从空中来个漂亮的翻转，结果有人比他先跳水了。等他睁大眼睛看清楚，天哪，居然是筱宛！他眼前一黑，人就像只大鸟从空中笔直地掉下去。他在坠落的过程中，大喊了一声"筱宛"，随即就坐了起来。原来是做了个梦。

　　安安再也睡不着了。他打开朋友圈，看到筱宛发了一条消息。是一个晚安的表情图，上有一朵云和星星，还写了个"加油"。再看时间,凌晨两点。是他刚醒来的时候发上去的。原来筱宛也没有睡着。他想起了国庆期间他们在一起玩的情景。那天上午,他带筱宛去吃了日本料理,下午去吃了甜品。筱宛喜欢兔子,点了一对玉兔的糕点,不知道是什么原料做的,栩栩如生,晶莹剔透,结果两人都不舍得吃。后来又带着筱宛去游泳。筱宛换了套黑色的泳装,看得他眼睛都发直了。每次游到筱宛的身边,他就伸出胳膊,想要抱抱筱宛。筱宛羞答答的,每次都把他推得远远的。到宾馆休息的时候,他把额头抵在筱宛的额头上,问:

"我们可以那个吗?"

"那个什么呀?"

他搂着筱宛亲了一下,笑着说:"就是那个。"

看着他的坏笑,筱宛鱼一般从他的腋下滑了出来,说:"不行,不行,我还没有做好准备。"

"没事,我做好准备了。我这里有小雨伞。"

"什么小雨伞呀?下雨了吗?"筱宛说着就往窗外看去,"明明是大太阳呀。"

他看着筱宛一头雾水的模样,用手刮了一下她的鼻子说:"唉,没得办法,还没长大的小白,就依了你吧……"

他记忆中的筱宛,像只憨憨的兔子,有时候又像只机灵的松鼠,温婉,灵秀,又憨态可掬,是那么惹人怜爱。可现在,他可能再也不能拥她入怀了,她把他们同时选的头像都给换了。安安心里涌上一阵凄楚。他突然感觉自己的背很沉重,很痛,好像背上长了一个沉重的壳。就像格雷戈尔·萨姆一样,做了个梦后,一觉醒来就变成了一只甲虫,四仰八叉地躺在床上,动弹不得。

安安的背上好像真的有个坚硬的壳,他在床上翻来覆去地把它磨平。他不时地打开手机看看,多么希望筱宛能给他发个信息呀,哪怕是个表情图也好。这个无所不能的机器,记录着他和筱宛的点点滴滴,每天的视频、语音、留言。可是,手机仍是那么安静，仿佛也进入了冬眠。他用语音说了句"你还好吗?"可是觉得不妥，又改成文字："筱宛，你还好吗?"这样发出来有用吗？当时是他提出要冷静一下，可这冷静的结果好吗？他思来想去，还是没有发出去。

时间真是个奇怪的刽子手。过得越久，人就越没有勇气打破这种宁静了，好像生来就该是这样的，那种无形的距离在心里生长着，越来越遥远，越来越难以跨越。这个信息发还是不发呢？又该是发怎样的信息呢？

安安就这样握着手机睡着了。他的眼窝里蓄着晶莹的泪珠，他自己都不知道。

尘纷之间

1

苏美莲从外面回来，看到屋门口停了两辆大卡车。几个搬运工从家里搬出大件的家什，小心翼翼地放到卡车上。春凤也进进出出地忙着。小孙子拿着小件的家什，跟在她的屁股后头。苏美莲想去问问春凤，这是在干吗。但看到她那张柿饼脸，又犹疑起来。

儿子镜生过年时落屋，还没出正月十五，苏美莲就看到老李从街上买了锅碗瓢盆回来，说是要正式跟儿子儿媳分开吃饭了。儿子既不表态，又不拦着，到了该上班的日子就照常走了。苏美莲是一脑袋糨糊。她的记忆库好像突然被人偷走了，以前的事情跟现在的事情衔接不到一个点上，就好像一段胶卷，被人在中间曝光了几段，一时清晰，一时模糊。

看到老李真的开始自己做饭了，苏美莲心里波浪翻腾，明明是她苏美莲才是这个家的主心骨呀。这么多年来，老李从来没有摸过锅铲，只会在厨房给她打打下手。她能清楚地记得，每天清早都是她去街市买最新鲜的蔬菜。等买了菜回去，一家子都还窝在被窝儿里做美梦呢。她就会推醒老李，喊他起床帮厨和搞卫生。她折腾好一桌子饭菜，老李就去照顾小孙子起床穿衣和洗漱。这个时候，春凤也懒洋洋地出来，瞟一眼桌子上的菜，常嘟着嘴巴说:"菜里的辣椒又放少了,不辣吃得下饭吗?"老李就说:"有清淡的,也有辣椒菜呀。你妈有糖尿病,吃不得太辣。"看着一家子像小猪一样吃得欢快,她心里美滋滋的。如今不知道是怎么了,她拿起电饭煲去煮饭,不是没有掺水,就是没有接通电源。有时候老李做好饭了,她却懵懵懂懂地掺了瓢冷水进去,她的行动好像跟大脑脱轨了。每次搞砸了事情,苏美莲就一脸沮丧,垂手呆立一旁,像个做了错事的孩子。可挨骂归挨骂,一转背,她就什么都忘记了。多次搞砸后,老李对她的态度恶劣起来,苏美莲再也不敢去厨房了,只能眼睁睁地看着老李在那里笨手笨脚地做事,搞出来的饭菜要多难吃就有多难吃。这个家从她不做饭菜后,就开始乱套了。儿子常年在外打工,难得回家一次,即使回来了待他们也不亲了。以前明明是一个家,现在却硬生生地在一个屋檐下变成两个家了。

  人心真的是不一样的。说是说分开过,各做各的饭菜,但是老李每次做好了饭菜,只要是有好吃的,就张开喉咙把孙子喊来,鸡腿什么的都夹到他们的碗里。苏美莲也给孙子的碗里垒满了菜,嘴巴里还说"多吃点儿,正在长个子呢"。春凤在屋里来来去去,眼睛长在了脑壳顶上,屋里的空气好像被人掺了点儿什么,怪怪的。这段时间,春凤不开口喊两个老人,冷着脸来去,除此倒也没有什么大的风浪。

  苏美莲的头发是越来越白了,在阳光下都白得晃眼。她的记性也越来越差了,刚刚端起饭碗吃了饭,不到两分钟,就问老李,怎么还不去做饭呀,今天一天肚子都是空的。看到大孙子,喊成了儿子。看到小孙子,突然问:"你是哪家的孩子?这是谁家的屋呀?"搞得他们莫名其妙,哭笑不得。

  老李变成了她的跟屁虫,甩都甩不掉。苏美莲试过几次,一个人偷偷地溜出去,但都失败了,每次老李总能嗅到她的气味,把她领回来。苏美莲就放弃了她想要的自由,也渐渐习惯了老李像块狗皮膏药黏在她身上。无事的时候,苏美莲总用奇奇怪怪的神情打量着这屋子,好像这屋子是迷宫,神秘得很,又好像自己是个天外来客。

2

春凤突然做出了一个重大决定,她在亲人群里丢下一句"等着瞧吧,你们不腾好房子,我月底就和镜生办理离婚手续"。刚刚还在群里闹嚷的兄弟姊妹马上安静了下来,好像一群正在高分贝嘶吼的河马,突然间被人施了魔法,乖乖地闭住鼻孔,潜入河底歇气去了。他们知道春凤的阴阳脾气,果真离了,那还得了呢?留下两个儿子,还不把镜生急得跳了河?

掰起指头一算,镜生离开老家快二十年了,一直在麓城打工。他的两个儿子和老人留守在老屋。镜生上面有两个姐姐,他是老幺。大姐镜花经历坎坷,婚姻失败,快五十岁的人了,还没个可以落巢的窝,她的全部家当和行李还堆放在镜生修的新屋里头。

镜生修的这栋三层楼的新屋,又有一本经络。这修屋的地基是二姐镜茜买下来的,给了镜生。当然也不能白给,镜茜跟老公一鸣商量,就提了个条件:三楼的居住权归他们,他们在有生之年可以居住和任意支配。镜生和春凤也都同意了。新屋修好后,实际上镜茜也没有特意去住过,只是逢年过节回来看望父母时,临时住一两天。这样一来,三楼基本上没有人住,空荡荡的。苏美莲和老李想着镜花流落在外,房子空着也是空着,就跟镜生和镜茜商量,让镜花回家时住一住,暂时给她放一放行李家当,毕竟总那么拖来拖去的,也不是个办法。姐弟几个血肉相连的,当然没得话说。为防万一,镜茜也跟春凤打了招呼。镜花就把行李家当放在了三楼。逢年过节回家看望父母时,她就和镜茜一家子住在三楼。大家聚在一起也就过年的那几天,没出正月十五就又各奔东西,各自忙生活去了,倒也相安无事。

新屋修好后的第二年，镜生的小儿子还在上小学，大儿子也快要高考了。镜生在外面挣钱养家，两个孩子总由老人带着，都变得生疏了。很快，大儿子上了大学，到了大三暑假又谈了个女朋友。春凤和镜生自然是喜上眉梢，眼见大儿子已经长大成人，又在谈恋爱，自然要想得长远些。

春凤在群里发完话，镜生又要大家一起帮忙做老头子的工作，要两个老人搬到老屋去住，他回来后就要和春凤住到三楼。这个亲人群是镜生临时组建的。镜生想，大家都天南海北的，为一点儿毛毛雨的事情就要长途奔波也不划算，各家有事就在群里议一议，拿个具体意见就行了。

镜生一发话，大家心里翻滚了几个波浪，屁！不就是要把一楼腾空，提前给大儿子准备婚房吗？镜茜把情况反馈到了老李那边，老李听了也同意搬到老屋去，说孙子要结婚，总归是件喜事。但是，他提出两个条件，一是等到孙子快要结婚时再搬不迟，二是要镜生把老屋修葺一下。一鸣心里的疙瘩却起来了，你儿子要结婚，我就得把三楼给你住了？以前竖屋时约定的话，难道就是一句空话、乖面子话？

这不，镜茜把老李的意见在群里一公布，就像在群里掷了枚炸弹，硝烟弥漫的。公说公有理，婆说婆有理，大家总说不到一个频道上。镜生是铁了心要达成他的愿望，说老李不马上搬的话，要镜花把她的东西搬走，他把屋给拆了，大家都不要住了。镜茜的火气也上来了。她想，就这屁大点儿的事，还拿离婚、拆屋来要挟，这到底是亲人还是仇人？简直是不成体统！她越想越气，就在群里发出一句："你们要拆屋，要离婚，都是你们自己的事情，随便你们！"

谁也没料到，春凤真的喊来了两辆大卡车把家里的东西都装车拉走了，还把搬家的视频发给了镜生。镜生把视频发到了亲人群里，镜花和镜茜两姊妹大跌眼镜，措手不及，数落着镜生的不是："父母都是七十多岁的老人了，黄土都快埋到脖子了，于心何忍呀?! 在这个时候搬家,把个患病的老娘独自丢在屋里,简直是禽兽不如……"

3

苏美莲眼睁睁地看着春凤和小孙子钻进卡车,莫名地有点儿心慌。车子开走时,鸣了几声喇叭,把她吓了一跳。眼见两辆卡车卷尘而去,苏美莲还是没有反应过来,只是呆呆地望着。

突然,苏美莲一个激灵,好像想起了什么,转身望向空荡荡的屋子。她隐隐约约记起,刚刚小孙子还在身旁来着,自己还跟他说了些什么。可一下子,又糊涂了。心想,怎么转眼之间,这屋子就只剩下个空壳了?这家里的人呢?都到哪里去了?卡车转了个弯,哧溜一下,泥鳅一样滑没了。苏美莲瘫坐在门前的竹椅里,望着偌大的空荡荡的屋子,只觉得眼角有虫子在爬,痒酥酥的。用手一擦,是湿的。"平白无故的,你哭个什么呢?"苏美莲自言自语着。然后又咧开嘴巴笑了起来,露出一口快要掉光的牙齿。

门前有一群蚂蚁来来去去,就跟一个团结协作的搬家公司似的。苏美莲看到一群蚂蚁抬着一只蚂蚱的尸体行进。乍一看,还以为是蚂蚱自己走呢。蚂蚁们小小的身子藏在蚂蚱庞大的身躯下,浩浩荡荡地行进。另外几只蚂蚁穿行在它们的队伍周围,随时替补进抬行的队伍里去,换一些累了的蚂蚁出来休息。那些游走在边上的蚂蚁,过不多久,就又钻进抬行的队伍,又换几只蚂蚁出来休息。如此反复轮流,丝毫不影响它们的行军速度。眼见蚂蚁的队伍远去,苏美莲突然朝屋里喊了一声大孙子的名字。她猛然想起,大孙子最喜欢看蚂蚁搬家了。他每次都用根小棍子把蚂蚁们抬的东西撬翻,蚂蚁们不得不重整旗鼓,忙忙碌碌地找到自己的位置,重新开始前进。苏美莲喊了几声,不见有人应,正在纳闷儿,脑海里又有一道光闪过,大孙子读大学去了,在省城读呢，是苏美莲从来没有去过的大城市。苏美莲满脸的自豪油然而生。"是的，"老头子说，"总算熬出头了，以后就能享福了呢。"

4

苏美莲眯缝着双眼，她的记忆又跳到了二十年前。那人，那老屋，那场景，都是如此真切，仿佛一切都还在昨天。

那个时候，大孙子还在春凤高高隆起的肚子里。换在别个媳妇身上，怀孕生子是件多么平常的事情，可在苏美莲家里就非同一般了，因为他们李家已经是三代单传了。苏美莲也是先开花后结果，前面生了两朵花，后面才生下了镜生，这胜利的果实来得跟做梦似的，所以取名"镜生"。

看到媳妇高高隆起的肚皮，苏美莲心里那个喜呀，像是灌了蜂糖，小蜜蜂进进出出的，就没有要停歇的意思。厨房里头的砧板一天三餐都剁得咚咚响，听得隔壁邻居以为他们家天天有喜事要办。别的不说，苏美莲的厨艺在方圆十里的湾塘村可是远近有名的。里里外外的卫生，菜地里的活儿，老李全包了。这不，自从春凤嫁进李家，手就没有弄湿过，真是快活赛神仙呀。有时春凤回了娘屋，或是回家晚了，苏美莲雷打不动地把好菜都给她留着，温在厨房的灶上，春凤不管多晚到屋，都能吃到热饭热菜。这下春凤有了身孕，自然享受高上加尖的待遇了。

可春凤动不动就不高兴了，她的不高兴，全摆在脸上，摔在手中。这不高兴，全无来由，得看春凤当时的心情。她高兴了，就喊声"姆妈"；不高兴了，脸就结冰了，不管谁喊，都不理不睬。进进出出，门摔得山响，震得苏美莲脑袋嗡嗡的。苏美莲跟老李嘀咕一阵，翻了几遍老皇历，谁也没有总结出个所以然来。每次春凤的面孔一冷下来，家里就提前进入了打霜期，苏美莲和老李都冷到骨头缝里去了，只得闷头做事，轻手轻脚地，生怕触到了雷。久了，才晓得点儿笋笋，原来是跟镜生闹情绪了，眉毛不顺，眼睛看到哪里，哪里就能起火。

　　日子过得久了，春凤脸上的晴雨表，苏美莲也把握到些规律了，晓得春凤的脸一旦阴沉下来，就要连绵很久，像梅雨季节的雨水。苏美莲也全由着她去，心想，年轻人嘛，还没有经历过风浪，都有个成长的过程。这婆媳相处，也是有本经的。时代不同了，人也得跟着时代走。管它呢，都是一家子，到头来，还不是碗里的掉到锅里，锅里的盛到碗里。这不，媳妇马上要生产了，这心头盼的还不是她肚子里的宝呀。

　　很快，春凤就现宝了，果然是个带把儿的！李家的香火是续上了，这里头的荣耀，春凤当然是懂得的。坐月子，更是她要登峰造极享受的过程。只要苏美莲来到床边，想要抱抱孙子，春凤就侧身不理她，好像婆婆有麻风病。那种不耐烦，那种冷漠，都让苏美莲近不得身。苏美莲也不好总是去碰壁，只得全力做好后勤。她使出浑身解数，十八般武艺轮番上阵，可就是不能如春凤的意，菜做得不是咸了，就是淡了，不是焖炖火候不够，就是鲜味不足。镜生一个电话接一个电话地打回来，苏美莲连声答应着："儿子呀，放心吧，就是自己不吃不喝，也不能让孙子喝不饱奶水。"这不，每天吃什么菜，苏美莲都要先跟春凤打个商量，不敢擅自做主，忙得像只辛勤的蜜蜂。不过，还好，苏美莲是只累并快乐着的蜜蜂。不管春凤怎样发号施令，苏美莲都是连连点头，不停地总结经验教训，菜品自然是花样百出。只要春凤能多吃点儿，无论怎样折腾，她都是笑呵呵地问"好吃吗？奶水够不够？"不管春凤怎么摆谱摆脸色，苏美莲都不往心里去，一张嘴巴就没有合拢过，好像天生就是个弥勒菩萨。苏美莲觉得，春凤多吃一口菜，多喝一口汤，她的宝贝孙子就可以多喝一口奶。老李自然是唯苏美莲马首是瞻。一家子吃饭，老李从来没有先端起过饭碗，他总是在一家人都放下了筷子，才一扫剩下的汤汤水水，来个光盘行动。这习惯是几十年如一日。看着苏美莲每天忙得不亦乐乎,老李当然也不甘示弱,把每天的柴一捆一捆地劈着,开水一桶接一桶地烧着,孙子的棉布尿片烫了又烫,说是开水煮的可以消毒。院子里新扯了几根粗尼龙绳,从这头到那头,绕了好几圈,到处晾晒着棉布尿片,花花绿绿的,如旗帜一般迎风招展。一逢上雨天,老李就更忙乎了,生几个炉子,把尿片一块块地烘干,叠得整整齐齐的放在床头。苏美莲除了每天趁给孙子喂点儿红糖水和温开水、换尿片时抱抱孙子,其他时候就不得碰了。

转眼,一个星期过去了。苏美莲听着孙子的哭声有点儿不对劲,一天比一天微弱起来。就跑去问春凤,有没有给他喂饱奶水。春凤开始不吭声,后来就说奶水够他吃的。苏美莲心里寻思着,孙子这哭声不对呀,听着就是中气不足,有气无力的,是身体有毛病,还是没有吃饱,没有力气哭?想来想去都没有想通。

到了第九天的时候,苏美莲听着孙子的哭声极沙哑,低沉,短暂,见人也瘦得像只毛猴,一横心,不管不顾地把孙子从被窝儿里抱出来。仔细地检查了个遍,却没有发现什么不对劲的,只是人比刚出生时瘦了一大圈,像只毛茸茸的大老鼠。她又伸手摸了下春凤的奶,干瘪瘪的,心里一惊,原来春凤的奶水根本就供不上!

苏美莲什么都顾不上了,用条毯子包了孙子,就火急火燎地冲出去了。天下着蒙蒙细雨,刮着风,冷飕飕的。苏美莲一手撑伞,一手抱着孙子,去了一个老中医的诊所。老中医把了下脉,又解开孙子的衣襟,把听诊器放在他的心脏部位仔细去听。老中医问了下情况,说:"怎么不早点儿带来看看?我给他开点儿太子开胃吧,你们先冲点儿给他喝。如他能喝进去,看情况再慢慢添点儿牛奶、米糊。"

看完病后,苏美莲抱着孙子赶忙回去,先是冲了包太子开胃,用小调羹喂给孙子。可是,一撬开嘴巴喂进去,又全部流了出来,孙子根本不往下咽,整个人软塌塌的。春凤看着这个情景，似乎也吓坏了，话也不敢高声说了，晚上也不敢睡了。于是，苏美莲一边伺候春凤坐月子，一边带着孙子睡觉。

夜里为了保暖，苏美莲要老李一天烧一大壶开水，用六个玻璃盐水瓶装着，放在孙子的周围。盐水瓶一冷，就要老李再装刚烧的热水。如此轮流反复，孙子身边始终像有个暖气箱，他的手脚也就没有那么冰凉了。苏美莲和老李几乎日夜不眠，轮流守护。几天后，孙子喝太子开胃居然可以不用筷子撬嘴巴了，调羹一送到嘴巴，他就喝得呼呼响，居然一口气喝了一大杯！苏美莲高兴坏了，赶紧推醒老李。老李也高兴。苏美莲说："明天可以给他添点儿牛奶喝了。"又过了几天，孙子可以喝牛奶、喝米糊了，气色也好了起来。

苏美莲的厨娘称号也是名不虚传的。她每天晚上要老李准备一个擂钵，浸泡上一把豆子、一把白米。孙子晚上饿了，老李就起床把豆子和白米杵成浆，再烧开，添上牛奶粉，一起冲好喂给他。每天晚上要起来三次，喂三次。每次泡的豆子和米都是现杵现烧的，又新鲜，又有营养。孙子的哭声嘹亮起来，身体也跟吹气球一样变得结实有力了，脸上的绒毛褪了下去，脸色也红润起来。苏美莲终于舒了一口气。

春凤生了孩子不到两个月，镜生一个电话，就喊她过去双宿双飞了。孩子生下来几天本来就是苏美莲两口子带着，春凤在家闲着也是闲着，年轻人要在一起，苏美莲是极力支持的。

大孙子被苏美莲两口子带到了十八岁，长成了快一米八的小伙子。老两口又帮儿子修好了新屋，春凤也正式落了屋。如今，眼看着日子越过越好了，媳妇怎么就搬走了呢？苏美莲很不理解。

蚂蚁队伍在苏美莲的眼前慢慢远去，她的心猛地抽紧了。她转身望着空荡荡的屋子，喊着镜生，又喊老李，接着喊两个孙子。屋里空空的，没有应答。

苏美莲身子一抖，突然感到非常害怕。"不行，我得去找他，我一定要把他找回来。"苏美莲站了起来，嘴巴里喃喃地自语着，向着卡车开走的方向走去。

5

老李正在忙碌，突然接到了镜花的电话，说要他赶快回家，春凤把家里的东西都搬走了，只剩苏美莲一个人在屋。

这消息给了老李当头一棒，他脸都绿了，差点儿晕倒在地。

老李一边火急火燎地往家里赶，一边想着镜生小时候的事。

那时候，镜生生下来没多久，苏美莲就没有了奶水。听说武冈城里有打奶器卖，老李天还没亮就从家里出发了。那个时候没有班车，去哪里全凭一双脚。从家里到武冈城里，老李来回要走一百多里路。

老李兴冲冲地买了打奶器，往回赶的时候已经天黑了。天幕一刷黑，大地和村庄就都安睡了。他经过零零散散有几户人家的村落时还能看到灯火，听到狗吠。但当路过乱葬岗时，真就没有一丝丝的动静了，坟山上磷火点点，周围伸手不见五指。恍惚中，有一只只绿色的眼睛包围着他。那个时候听上了年岁的老人说起乱葬岗，没有谁不毛骨悚然的。据说挨得近的住户夜夜都能听见哀戚的哭泣声，晚上睡觉都把门窗关得死死的，谁都不敢出门。有人路过此地时，不是遇见鬼打墙，一晚上走不出来，就是回家后大病一场。且不说真假，整个湾塘村的人为了保自身平安，谁也不敢去冒这个险，谁也不敢在晚上路过乱葬岗。老李本来也是胆小的人，但为了孩子能吃上奶，他也是豁出命来了。没有办法，要回去，乱葬岗是必经之地，没有其他的路可走。得连夜赶回去呀，孩子还等着吃奶呢。老李硬着头皮赶路，整个人都是麻酥酥的。心里念着老人的话："额前自有三把火，保魂魄，保冈山，保躯壳；不看后面，不听魅声，不想鬼事。"老李的两只脚板都跑得麻木了，全身衣裳被汗水浸透，终于走出了乱葬岗。事后回想，他说他自己都不知道是怎么跑出乱葬岗的。

镜生再大些的时候，苏美莲就要出门做事了，一家子几张嘴巴要吃饭，开不得玩笑的。镜花就把镜生天天背在背上。镜生一哭，镜花就像个大人一样摇呀摇的。镜茜拿根红辣椒糖逗镜生，放在自己的嘴巴给他舔。有了甜味，镜生就咿咿呀呀的，不哭了。两姊妹自己流着口水，用一根辣椒糖哄镜生睡，哄镜生笑，哄镜生开口喊姐姐，就是不敢自己舔一口。三姐弟，隔两岁一个，大姐镜花也就大镜生四岁，二姐大他两岁，都还是孩子。但她们都知道，父亲有好吃的只留给弟弟吃，说他小些，又是个男儿身，需要的营养要多些。两个姐姐也挺听话，从不会跟弟弟去比什么，有好吃好喝的都让给他。有次，镜花背着镜生在水渠边玩，不小心把他掉到了水沟里，呛了几口水。旁边有人，把镜生捞了上来。老李知道了，心疼儿子，顺手拿把锄头，用柄敲在镜花的后脑勺上，幸亏下手不重，不然还真就脑袋开花了。苏美莲见了，生气地说："姐姐带弟弟还要被打，那还要他这个弟弟干什么？一个打死，一个干脆摔死算了。"说着顺手就把抱在怀里的镜生放到地上。老李见了，差点儿和苏美莲厮打起来，还好被旁人劝开了。

想起这些辛酸的往事，老李的眼泪就出来了。他一边跑路，一边开骂："镜生呀，你果真做得出来呀！想当初，你娘生下了你，老子是头扎红巾，腰捆红布，在整个湾塘村敲锣打鼓唱了三天大戏呀。不晓得你就是这么个种呀！我前世做了什么孽，生了你这个报应？你个剁脑壳的镜生，我们把你当个宝，你把我们当根草呀。如今你娘病了，吃饭穿衣都要人照顾了，医生说这个病只能靠养，还没有特效药能治好，要是跟糖尿病并发的话，随时会有生命危险。你就这么忍心丢下我们了呀？自从分家后，春凤整整半年没有喊过你娘，你娘心里想不通呀。我们的要求也不高，就想听到家里有人喊，有人问，这才有人味嘛……"

老李脚下要赶路，嘴巴里唠叨了一长串，一把鼻涕一把泪的，风把他的头发吹得东倒西歪，像把干稻草。骂了一阵，又无心去骂了。他现在最担心的是苏美莲一个人走出屋，要是走丢了，到哪里去找呀？

6

镜花呢，一个接一个电话地打给镜茜，不停地问："这个月底春凤真的会跟镜生离婚吗？"她知道春凤之所以放出这样的狠话，在家里与父母冷脸相对，有一部分原因也是她。镜花说："我的行李家当占用了三楼的主卧套间，是父母做的主。春凤说要把二楼腾出来给大儿子住，她和镜生要住到三楼去，这不是明摆着要我把行李搬走吗？想着我的家当不知道又要挪到哪里去，也是五心不做主。"镜茜一边担心着父母，一边安慰着镜花："他们也只是说说气头上的话，作不得数。每次一吵嘴，就说要离婚，都说成习惯了，哪次离成了？说得轻巧，两个儿子在呢，哪儿是说离就能离的？"

"可是，这一次，应该是当真的了。你看，春凤真就搬家了。"

"她想搬就搬，等想明白了，还得搬回来，何必呢？一家子为个鸟事，搞得乌烟瘴气的。"镜茜叹了口气说。

"要是她真就不回来了呢？"

"哪儿能呢？镜生也不会由着她胡来吧。"

"镜生这个妻管严毛病，你还没看出来呀，严重得很。春凤放个屁，他闻起来都是香的。"

"他也难吧，得夹起尾巴做人。"

"你看春凤说搬走就搬走了，他非但不制止，还发群里唱高调，真是脑袋被驴踢了。唉，妇唱夫随，真的是人的心——海底针呀。"

"难道……"

"还是因为老娘得了那个阿尔茨什么症？怕担责任？"

"海默症。这病难治，记忆紊乱，大脑不晓得哪个时候就短路了。"

"这病要是严重了，也还是我们三姐弟轮流来管。再说了，两个老人吃穿都是花自个儿的钱，还用省下来的钱管两个孙子的零用开销和家用贴补，她也没吃半点儿亏呀，怎就这样咄咄逼人的？"

"这世上的人有千千万万种，怎就不学个好的呢？"

"不晓得，猜不透。"

两姊妹你一句我一句地嘀咕了一阵子，也没有总结出个子丑寅卯来。

7

一鸣也不是那么好说话的。都说男主外，女主内，一鸣偏偏就喜欢掺和内务，之前因为镜茜这头顾着弟弟，那头护着姐姐，跟镜茜吵过多次混账架。老话说亲兄弟，明算账，可这次镜茜事先没有跟他商量，就在群里表态答应让春凤他们住到三楼去，一鸣心里极为不爽。一鸣觉得对岳父岳母，他做得够多了。

这次回家，一鸣给老李买了个智能手机，还给苏美莲买了只定位手表，手表绑定了他和镜茜的手机，这样就不怕她走丢了。

一鸣进到屋里，就看到老李正黯然神伤，苏美莲躺在床上，还在睡觉。他拿出手机来，教老李使用。老李摸索了半天，终于懂得了一些皮毛，很是高兴，当场就给镜花和镜茜打了视频电话。苏美莲也被闹醒了，她出来后跟着乐了一阵。

一鸣的到来让他们热闹了一下。可很快，那些兴奋的光芒就在他们的眼睛里消散了。等一鸣弄好饭菜端出来，苏美莲突然问："这屋里的人呢？他们都到哪里去了？我怎么找也找不到小孙子了。"

老李跟一鸣说："你给他们打个电话吧，我们想小孙子了，跟他视频一下也好。"一鸣望着两个茫然无措的老人,心里有些落寞。这才隔了一天,他们就开始想孙子了,那这以后的日子他们该怎么过呀?

就在他们说话的当儿,苏美莲一个人摸着楼梯上三楼去了。她望着空洞洞的屋子,边走边想:"是这屋子太大了吗?还是老屋好呀,一家子挤在一起,热热闹闹的,多好。这屋子宽敞了,也不是件好事,人齐心不齐呀。都把我这个老婆子当作懵懂鬼,以为我老糊涂了,我心里亮堂着呢。都是我生的崽女,谁是个什么心思,我这当娘的心里一清二楚。"苏美莲想着想着,不由自主地呼喊着小孙子的名字,盼着他能从哪个旮旯里钻出来,露出那个调皮的小脑袋。可是屋里空空的,什么也望不到。苏美莲就打开了镜花放行李的那间卧室,摸着床上堆放着的白花花的棉絮,阳光从窗台照进来,晃着一道道翻滚着浮尘的金色光芒……

8

春凤搬了出去,这日子还得往下过呀。老李时常眼巴巴地看着小孙子跟其他小孩子在一起玩,喊小孙子进屋来跟他说说话,可小孙子就是不肯。有时候小孙子在屋对面的邻居家里玩,也绝不把脚伸进这边来。老李没有办法,只得眼巴巴地望着小孙子一阵风一样来来去去。

时间久了,老李就摸着规律了,小孙子每周三和周五的下午会到这边来跟小伙伴玩,或是在别人家里打乒乓球。周五这天,老李就买了只鸡宰了,炖了一大锅,香喷喷的。瞅着小孙子过来了,老李把那两只大大的香喷喷的鸡腿盛到碗里,招呼他过来吃。小孙子看着那两只油滋滋的鸡腿,刚要伸手去接,手都快要挨着碗了,又缩了回去,好似那碗上有刺一样。老李赶紧说:"快趁热吃,吃完了再去玩。"

小孙子摇摇头,说:"我还是不吃了,要让我妈晓得了,我的屁股就要开花了。"

"她敢？你是我和你奶奶一手带大的，要打还轮不到她。"老李笑呵呵地给小孙子壮胆。小孙子也呵呵地傻笑一下，但还是不敢接。

老李又说："傻孩子，你吃了，我也不会告诉你妈呀，她不会晓得的，放心吃。"小孙子还是摇摇头，用手摸摸屁股走了。

老李一脸沮丧地望着小孙子走远，眼泪都溢出来了。他想，这儿子、孙子都随了媳妇的姓了，可如何是好？苏美莲走出来，望着小孙子的背影说："你在跟谁说话呢？这孩子是谁家的，怎么这么面熟呢？"老李瞪了苏美莲一眼，端着碗悻悻地进屋了。

老李进屋拿出手机拨了大孙子的电话，大孙子没接，等半小时再拨过去，还是没接。咦，这下出了鬼怪了，以前拨过去就接了的，今天是怎么了？老李不甘心，一直打过去，每隔半个小时拨一次。直到晚上9点，大孙子终于接了电话。他跟老李说："爷爷，以后你不要老是打我的电话了，跟我说这些家务事没用，我家大小事情都是我妈说了算，我爸说话都没有用。"说完就把电话给挂了。老李一肚子话还没来得及吐出来呢。老李发了一会儿呆，就搀起在椅子上打瞌睡的苏美莲，回房里睡觉去了。

第二天，老李就给镜茜打电话，说一楼的客厅太大了，空荡荡的，要她在网上买张乒乓球桌，寄到家里来。镜茜惊讶地说：

"老爸呀，你还能打乒乓球呀？你这么大年纪了，要是为接个球摔跤了，谁来负责呀？再说了，谁敢跟你打球呀？"

老李说："不是我打，是小孙子喜欢打乒乓球。自己家里有了球桌，他就会喊伙伴到自己家里来打球了，我就能看到他，跟他说说话了。"说着就把昨天的事告诉了镜茜。

镜茜想了想，说："老爸，我知道你是想孙子了，但他说的也是实话，小孩子怕挨揍。这球桌我要是买了，到时还会害得你小孙子经常挨揍，何必呢？"

老李说:"家里这么大的房子,没有小孩子在家里闹闹屋场,怪冷清的。"

镜茜说:"我知道你舍不得孙子,之所以提出那两个条件,也是不想这么快搬去老屋,想跟孙子多待段时间。"

"还是你懂你老爸的心思。真的是儿大不由娘呀,镜生只会跟着春凤的屁股转,好像他是孙悟空,是从石头缝里蹦出来的。"老李唏嘘着。

"你也不要太心慈了,都是大了的崽女了,给他们一段时间好好地冷静一下吧,等他们想通了,就会搬回来了。"镜茜只得安慰着老李。

9

时间不紧不慢地过去,转眼就快一年了。春凤当然也不会闲着,她要料理家务,还要看管小儿子。这一年她过得也很是艰难,要承担房租、水电的费用。以前这一切琐碎都不用她来操心,现在都是她要应对的生活了。

镜生回来过一次,跟老李面对面地交谈。他说老李根本不是个父亲,太自私自利了,只考虑自己,根本不考虑孙子的利益。再这样固执下去,他以后再也不会回来了,就是老李死了,也不会回来见他。老李气得嘴唇都发紫了,说:"不回来就不回来,就当我从来没有生过这个儿子!"镜生彻底爆发,把一楼的东西都摔了。苏美莲吓得躲到厕所里放声大哭,一边哭一边大喊"作孽呀,我怎么生了这么个报应呀?"镜生疯狂的举动激活了她的神经,她突然变得无比清醒,她知道发生了什么。

镜生头也不回地走了。镜生走时的身影在老李和苏美莲的心里打下了烙印,他们在望眼欲穿的日子里愈加苍老了。每到周末,老李再没有信心去外面张望了,他知道春凤不可能回来了,孙子也不会回来了。十天半月的,只有镜茜和一鸣来看看他们,给他们做做饭菜，陪他们说说话。以前一大家子团团圆圆、和和美美的日子再也看不到了。苏美莲每天拿张凳子，坐在门口，望着路上行色匆匆的行人，露出菩萨一样的笑容，嘴巴里面喃喃自语着："家和万事兴，家和万事兴……"老李的身体每况愈下，经常晕倒在地，已经住院两次，每次都是镜茜和一鸣在他身边照料，镜生和春凤都懒得问了。

　　这次老李又住院了，必须做手术。手术是镜茜签的字。当时打了镜生和春凤的电话，他们都没有来看看老李。手术后需要二十四小时看护七天，镜茜和一鸣两人轮流来照顾。一鸣的脸色越来越难看，他在照顾老李的时候几乎不开口说话。老李隐隐觉出情况不对了。手术后的几天里，一鸣晚上照顾，镜茜早上接手，两人怪怪的，见面都不说话，形同陌路。这让老李心口上像压了块石头，怎么躺着都觉得不舒服。有次，一鸣刚买了早餐送来，镜茜又从家里带了早餐。一鸣见了，二话不说，就把他那份倒到垃圾桶去了。等一鸣走了，老李就问镜茜："你们两个是怎么了？"镜茜说："没事，不要瞎想，好好养病吧。"等晚上一鸣来了，老李又问："你们两个是有什么事情吗？"一鸣说："镜茜没跟你说吗？"老李说："要是她说了，我还来问你？"一鸣低头不语，拿出手机玩。老李又说："你倒是说说呀。"一鸣望了下老李，淡淡地说了句："不用问，你心里应该是知道的，就是要问，你还是去问你女儿吧。"

10

　　老李出院后，心里又多了件心事。

　　这天，镜茜一个人开车回娘家了。老李心里一惊，问道："一鸣呢？怎么不一起回来？"

　　镜茜说："干吗非要一起回来呀？"

　　老李说："你也不要再瞒着我了，你们结婚以来，每次回娘家，从来都是两人一起回来的。这次一个人回来，肯定是有事了。你要再不说实话，以后也别回来了。"

镜茜本就眼睛红红的，经老李这么一说，眼泪就流出来了。

老李说："婚姻大事非儿戏呀，你也是这么大的人了，孩子都成年了，为这样的事情牺牲自己的家庭，不值得呀。"

"唉，强扭的瓜不甜。"

"我们不能怪他。"

"镜花自保都难。镜生是铁了心要跟我斗争到底，九头牛都拉不回来了。"

"只有你们两口子尽到了义务。"

"可是，作为子女，要是我们都这样去推卸责任，都说是三个人的父母，责任要三个人来平摊，生怕自己吃了亏，那父母怎么办？"

老李听了，一时语塞。

镜茜把眼泪一擦，故作轻松地笑笑，说："爸，就是他们都不要你们，还有我呢，你就安心养病吧。这么大的年纪了，多想想开心的事情，保重好身体，就是天要塌了，你也不要管它，有人去顶呢……"

苏美莲在客厅听着他们的对话，好像又想起了什么。她起身走到楼梯口，抬头望着三楼，然后就一个人扶着楼梯，慢慢地走上去了。

到了三楼，苏美莲推开了镜花放行李的那间主卧，在房间里静静地望了许久。她隐约想起了春凤就在这个房间里跟她说过什么。想呀，想呀，搜肠刮肚的，仿佛身处遥远的天边。就在神思飘摇之际，她的脑海里突然清晰地冒出春凤的话："这屋里，到底谁是女主人？到底是谁来掌家呢？"苏美莲又想起了春凤搬家的时候望着她的神情，想起小孙子摇头的表情，想起那车子咻溜一下，转个弯就不见了。

苏美莲心里一痛，想要喊老李上来，可脑袋里突然又空荡荡的了，刚刚春凤清晰在耳的话，也都消散不见了。她张开嘴巴，忘记了是要喊谁，想要做什么。

一转身，苏美莲看到了穿衣镜里有一个白发苍苍的老妇人。"你是谁呀？老不死的，老怪物，怎么住在我屋里？是一直住在这里的吗？"苏美莲被镜子里的人吓住了，她凄厉地叫了一声，叫的竟是自己的名字。

落日之间

1

黄明远清楚地记得那个黄昏。天上的霞光万丈，一轮红日远远地落在地平线上。大地像张巨大的温床，田野的庄稼，村庄的炊烟，暮归的水牛……都被镀上了柔和的暖色。真美呀，多么宁静祥和的一个黄昏！

可是老曹却在这个美得一塌糊涂的黄昏走了。爆炸声中，那四散迸溅的红色逼退了那轮摇摇晃晃的落日。就那么一瞬，好似被老曹的身体冲上半空的力道一推，那轮落日就滚没了。一声巨响过后，大地就沉寂了，连虫子都不叫了。几个工友在隧道口的山坡后面隐蔽着，傻傻地看着。这群刚刚二十出头的毛头青年被震蒙了，没有发出任何声响。还是黄明远第一个反应过来，他看到老曹的肢体破碎散架，双腿全无，只剩下半截身子躺在血泊中，大喊了一声"老曹"！

老曹再也听不见了。本来可以让年轻人去的，但这是这段工程最后一段隧道了，他又是班长，怕这些"新兵蛋子"没有经验，就全部包揽了。这是他自己的选择。这群年轻人慢慢地取下头盔，垂立默哀。黄明远走过去，抖着手，帮老曹合上那双瞪得圆圆的眼睛。都怪那枚该死的哑炮！可老曹是点炮高手呀，六枚哑炮，他已经处理了五枚。当时，黄明远看到老曹点了第五枚哑炮后，脸色酱紫，脚步凌乱，身子虚飘飘的，已经明显体力不支了。那一刻，黄明远突然觉得老曹老了，体力大不如前。他很想喊住老曹，换个人去，让他休息一下。可转念一想，还是算了，老曹经验丰富，轻车熟路，只有最后一枚了，应该也不会有事。没想到，就是几分钟的工夫，这最后一枚哑炮竟然就爆炸了，老曹偏偏把命交付在了这里。

那段时间，连续几个晚上，黄明远都被噩梦惊醒。其中有一个晚上，他梦见他在隧道里面打孔，石头一块块掉下来，砸在他的脑袋上。他躲着散落的石头，有几块没有躲开，生生地砸在脑门上。他听到当当的声响，好像石头砸在铁锅上一样，响声清脆而悦耳。正当他端着钻头打得更深的时候，可怕的事情发生了，上面的砂石猛烈地砸下来，连着土块一起掉，整个涵洞都开始溃塌，洞里的电石灯也爆炸了。顿时，一片漆黑。黄明远感觉自己正在被涌来的砂石活埋，身体被泥土砂石挤在里面，胸口憋闷，呼吸也开始困难，喘不过气来。

"难道我就要这样死了吗？不！萌萌，快来救我呀！"黄明远大叫一声，醒了过来。他紧张地四下看看，发现自己不在隧道里面，而是睡在宿舍里，头上脸上满是滚滚而下的汗珠子。黄明远用衣袖擦了擦，翻了个身，迷瞪了一会儿，又沉沉睡去。

这晚的下半夜，黄明远的梦里又出现各种不同的场景，像是拍电影一样，场景切换很快。老曹的影子刚刚飘过去，似乎还回头对他憨憨地笑了一下。突然之间，梦里又冒出了萌萌那张俊秀的脸蛋，长长的辫子晃来晃去。她穿着一身贴身的格子花纹的旗袍，清秀可人。黄明远欢喜得不得了，正要喊她，可是那种沉闷的窒息感又出现了。他却顾不了许多，心里想着，萌萌，你就别再逃开了，你干吗总是要躲开我呢？我就那么让你讨厌吗？这时，张筱雅突然风风火火地赶来了，一把抓起他的胳膊，发出爽朗的笑声，叫着："黄明远，你叫我好找呀，回去好好地闭门思过，一个礼拜不准出来！"黄明远肚子里正憋着一团火，还没来得及燃烧，就被张筱雅的这句话给熄灭了。他心里一惊，天哪！叫他一个礼拜待在那间又黑又闷的屋子里，还不如叫他死了算了。于是，他用力挣扎，猛地睁开眼睛，才发现自己又是在做梦。黄明远很重地甩了甩头，脑袋乱纷纷、晕沉沉的，好不烦人……

不知不觉，就是深秋了，田野里发酵着香甜的味道。要是平时，黄明远一定会约萌萌去看日落。萌萌喜欢看斜阳挂在树梢上的样子，那时她的脸庞也是红红的，像喝醉了酒。在这种甜得发腻的味道中，两人常常依偎在一起，静静的，什么都不说。绿油油的蚂蚱蹦来跳去，蛐蛐振动翅膀，发出唧唧的伴奏声。等太阳快要沉下去时，他们就起身拍拍尘土，手牵着手，披着霞光归去。萌萌说，落日那一瞬间的跳跃和光亮，绝艳、凄楚、决然！

可黄明远已经不是以前的黄明远了，他再也没有心思约萌萌一起看落日了。

黄明远感觉自己正一天天地、快速地衰老下去。

2

突然之间，张筱雅就像空气一样消失了。黄明远已经有一段时间不见她的踪影，也不知道她忙什么去了，心里感到一阵怅然。

萌萌离开铁四局后，每天陪黄明远去郊外林子里散步的就变成了张筱雅。只要黄明远出现在工地后面的田野，张筱雅就会坐在萌萌以前喜欢坐的那个田垄上望着他，然后甩一甩那一头活泼的短发，向他挥手。黄明远走到她的身边，矮下身去。他们把腿吊在田埂上，摇来晃去的。远处山坳坳的夕阳渐渐变小，变淡，又忽地不见了。好像地上滚着的铁环，突然被什么东西一推，就滚没了。这个时候，天完全暗下来。在夜色笼罩的空旷的田野上，张筱雅因为害怕，总要挽着黄明远的胳膊。时令已到冬至，田野一片寂寥，秋蝉早已销声匿迹，蛇已经进入了冬眠，田鼠灰麻绳一样的尾巴也日渐稀少，鼹鼠还在地洞里睡觉。黄明远不知道张筱雅在害怕什么，也许是这种景象太过凄凉吧。还有那种无形的辽阔，太空了，空得让人心慌。

晚上，黄明远刚躺在床上，萌萌的身影就出现了。在黄明远心里，萌萌浅浅的笑总是那么迷人，那条油光水滑的马尾辫，跟她精致的五官搭配得是那么和谐。此刻，他是多么希望能见到萌萌呀！当初刚听到萌萌也在这个工地上的消息时，他是那么激动，那么亢奋。不顾老曹和工友的劝阻，他毅然决然地向组织请求，跟着老曹带领的这支隧道施工队，千里迢迢地来到了这里。后脚前来的还有张筱雅和郭向东这两个跟屁虫，他们好像是不约而同地走到了一起。

张筱雅来后，小蜜蜂似的天天围着黄明远转。这就苦了郭向东了。他跟张筱雅是同一批进来的新工人，骨子里就觉得自己和张筱雅应该有更多的共同语言，要求一起进步更是理所当然的了。每次张筱雅跟黄明远散步回来，郭向东就会赶过来。郭向东也是有理由的，一批的工友呀，兄弟姐妹嘛，三不三的，总有些事情需要相互帮衬。郭向东很乖，乖得知道什么话可以问，什么话不问。这是张筱雅喜欢他的地方。因此，郭向东去跟她借块肥皂什么的，总不会空着手回去。第二天，郭向东就又来还肥皂了……

黄明远就是想不明白，怎么这段时间张筱雅也变得反常了。平常天天围在身边转的人，竟然也不见了踪影。

黄明远有一个礼拜没有去工地了。他不想去，一去就会想起老曹血肉模糊的样子，晚上就又不得安宁了。对于黄明远来说，每个晚上就好比是面对一次新的死亡。因为他总会在梦中碰到各种施工险情，他也面临各种死法，有时是从悬崖上掉下去，有时是塌方活埋，有时是爆破时被炸得粉身碎骨，有时是在桥梁上施工时掉进滔滔的江水……最好的方式就是在白天睡觉了，白天难得做梦，要做也不会做那么恐怖的梦。

　　一个人百无聊赖的时候，黄明远就推开宿舍的窗户，让阳光照进来，晒在铺盖上，这样躺下去就有暖暖的味道。此刻，他躺在床上看向窗外，天空蓝得像块幕布，白云轻纱一般飘忽着，像仙女肩上的披纱，隐约，丝滑，又有质感。他猛地呼吸一口空气，觉得异常香甜。他想起了家乡的味道，不是别的，是李子的味道，又酸又甜。家里阳台上养的菊花应该要开花了，母亲一定是天天照顾着，浇水、除草、捉虫、施肥。侍弄花草是黄明远母亲生活中的一部分，跟吃饭、睡觉一样。他母亲的书卷气也是很浓的。她常常倚在阳台上看书，看报，呼吸花草的芳香，时间久了，她也如一朵花一样美了。难怪黄明远父亲那么宠爱她，捧在手里怕飞了，含在嘴里怕化了。可他父亲在抗美援朝的战斗中牺牲了，他母亲这朵花也就枯萎了。黄明远格外地想念母亲，想念这个日渐枯萎的可怜的老人，她是黄明远在这个世界上唯一的亲人了。

　　可是，想念也解决不了问题。命令如山，这边的工程没有扫尾，就不能完全地撤离。

　　这天，黄明远躺在床上睡觉时，隐约听见几个新工友在嘀嘀咕咕地说着什么。他醒了，但还是闭着眼睛。一个说：

　　"前几天听说铁二局那边修路，也牺牲了几位同志，好像是隧道塌方，全部活埋在里面了，一个都没有出来，真的是太惨了！"

　　另外一个说："这里的工作也太艰苦了，生活质量不好不说，不晓得啥时候命就没了。"

　　"可不是，我经常穿着雨靴做事，脚长期见不到阳光，都烂得见到骨头了。"

　　又有一个说："嘿，听说戈壁滩那边的蚊子个子大，腿也长，

10只蚊子就能炒一盘菜出来。那边的工作人员没有地方住，只能睡在帐篷里面，从早到晚被蚊子包饺子。有个同志把脚抓破了皮，出了血，又用破布去擦，结果得了败血症，听说没有治好。一个活生生的，人居然被一只大蚊子夺去了生命。"

另外又有一个说："那里的环境真不是人待的，活儿也不是人干的！"

大家议论纷纷，满腔的怨气，就像一群不需要冬眠的麻雀，不知疲倦地叽叽喳喳着。可让黄明远感到奇怪的是，他们说归说，怕归怕，却没有一个人提出要离开这里。他们从人类说到动物，从动物说到天气……他们边说边抖动床单上的灰尘，喧闹了一阵，就各自去睡了。

3

黄明远哪里会知道，这段时间张筱雅跟他一样不好过，心里早已乱成一团。

张筱雅收到了母亲寄来的加急信件，要她尽快办理好回家的手续。因为家里已经给她争取到了进市政府机关的名额。父亲也打了电话，非常威严地告诉她，锻炼她的时间已经结束，那不容置疑的语气，让她觉得这次是非回家不可了。

张筱雅犹豫了几天，不知道该怎么办才好。这一年多来，她与黄明远在一个工地做事，工作中，生活中，几多风雨，几多陪伴，让这个人已经完完全全地融入了她的生命。黄明远不是只有文弱书生的相貌，还是个心思细腻的男人，多次帮她处理脏活累活。有次她不小心把脚趾头压伤了，还是黄明远背她回来的。黄明远帮她用酒精消毒，用活络油按摩，还讲笑话听，好让她忘记疲累和疼痛……记忆就像把刷子，可以刷掉一些发霉的腐朽痕迹，留下那些闪闪发光的东西。比如黄明远吃东西的时候喜欢看着她笑，那面庞是如此生动，每个器官都弥漫着欢喜。

黄明远到底有什么好，张筱雅还真是说不上来。无非是戴副眼镜，有一双充满忧郁的眼睛，几分书卷气打底，深沉又斯文。张筱雅就喜欢这样的类型。在她的眼里，黄明远很"男人"。她刚到五处时，就听到黄明远跟萌萌求婚的故事，简直是羡慕，嫉妒，只差恨不能了。只可惜黄明远的炮弹虽然打响了，但没有发射对地方。地方发射错误，当然就是枚哑炮了，或者是空炮，没有任何的作用力。萌萌不但不接受，还关起门来，躲了他几天，最后还跑到这么远的一线施工的工地上来了。张筱雅后悔，后悔没有早点儿去五处，若是赶在萌萌之前到，她就能接住这枚色彩缤纷的彩炮，她和黄明远的命运也会改写了。

张筱雅冥思苦想了几天，都没有想到更好的办法，但又不想就这样放弃。她想起父亲说的话："人之所以来到这个世上，是因为人有自己的想法，有自己奋斗的目标。"是呀，无论结局如何，只有付出和争取过，才能不留遗憾。张筱雅这样想着，目光深邃地望向去黄明远宿舍的那条道路，那里拓满了她的脚印。可是，那条路一下子又变得那么漫长，仿佛要消磨掉她一辈子的时光。"张筱雅呀张筱雅，你这样值吗？他值得吗？"张筱雅喃喃自语着，无数次迈出门的脚，又无数次缩了回来。

张筱雅干脆一个人去野外看夕阳去了。她记得黄明远说过，萌萌是最喜欢看夕阳的，因为夕阳积攒着太阳一天中迸发而出的所有力量，散发的霞光凄然而绝美。张筱雅立在那个坡度上，望着太阳把最后的光亮敛去，变成一个圆圆的、没有色釉的柿饼。她突然蹲下身子，跌坐在草地上，扯了根粗壮的马根草，放在嘴巴里狠狠地嚼着，好像要把天上挂着的那个柿饼一并吃了才好。

"不！我绝不能做别人的替身，我一定要做我自己！"张筱雅突然发出一声大喊，把天边那个摇摇欲坠的、熟透了的太阳柿饼都给震落了。大地顿时一片寂然，天色也开始混沌起来。

暮色四合之际，张筱雅的身影被渐渐晕开的墨汁吞没，跟夜色合二为一。突然，她的脑子里闪过一线光亮，豁然开朗起来。她站起来，浑身充盈着力量，像一只突然发现了粮食的田鼠，飞快地穿过田野，消融在愈来愈暗的夜色之中。

　　张筱雅给父亲打去电话，说她已经有了男朋友了，要是非要她回去的话，得把她男朋友的工作解决了。张筱雅的父亲听到这个消息，肺都差点儿气炸。他知道，能争取到一个招工的指标，一个好的工作岗位，是多么不容易。可是女儿远在千里之外，他也无可奈何。他只得在电话里做女儿的工作，说她还年轻，潜力很大，要懂得用发展的眼光看待问题。而她现在谈男朋友是不明智的，因为所选的道路不同，以后也不会走到一起。只要她回来，一切都可以重新开始。可是，父亲的苦口婆心在张筱雅心里没有荡起一丝波澜，她死活不同意父亲的看法，坚持要走两个人一起走，要留一起留。两个人在电话里进行了一番激烈的讨论，最后还是张筱雅父亲妥协了。

　　往后的日子，张筱雅一直在等父亲的消息，不再往黄明远的宿舍跑。她要检验一下爱情。这也是她孤注一掷的办法了。

　　好不容易挨过了一个礼拜，张筱雅父亲终于打来电话告诉她，她男朋友的工作联系好了，叫她速回。张筱雅立马欢呼雀跃起来，在电话里面嚷嚷着"老爸万岁！老爸万万岁！老爸我爱死你了！"父亲苦笑着，只是催他们尽快回去，只等报到上班了。她哪里知道，父亲为了落实这个工作指标，选择了让黄明远过去顶班。

4

　　黄明远躺在床上做白日梦。宿舍的门吱呀响了一声，一道白色的光亮正好透过门缝，打在他的鼻梁正中，将他的脸切成两半。黄明远掀开眼皮，门缝里面除了翻滚着数不清的灰尘颗粒，什么都看不到。工友都出去了，有的去工地上施工，有的去外面玩去了。铁路抢修项目已经竣工，扫尾工程也差不多做完了，基本上也没剩下多少事情。也许过一段时间，他们这支队伍又要被派去支援其他的铁路施工工作了。宿舍里，只有黄明远一个人喜欢白天睡觉。他晚上瞪着个灯笼大的眼睛，常闻到风送进来的花香，听到宿舍里此起彼伏的鼾声，偶尔还有林中鸟翅膀扇动的声音。

黄明远翻了下身子，侧卧着。他用手抹了一把嘴边流出来的涎水，又继续睡去。没过一会儿，门又轻轻地响了下，这次比较斯文，黄明远没有察觉。接着，门被完全地推开了。一道女人的人影，长长地投射在宿舍的墙上，齐耳短发。那人见四下无人，就放心大胆地走进来，在黄明远的床边坐下。她把一张纸片拧成一根尖尖的长条，轻轻地塞进黄明远的鼻孔。黄明远的鼻子翕动，紧接着打了个响亮的喷嚏。长条纸喷出来，人也立马翻身而起。黄明远这才看到，张筱雅就坐在他的床边。

"你、你在这里搞的什么名堂？"黄明远翻了个白眼，没好气地说。

"搞什么名堂？看你睡得像头死猪，试你的忍耐力呢。没想到，这么不经事，还没有两秒钟就打起喷嚏来了。"

"有你这么试的吗？那我给你的鼻孔塞个东西，看你能憋多久？"黄明远说着就下床。

张筱雅揪着他的耳朵，把他拉到床上："看你白天都在睡觉，是害了相思病吗？"

"谁又像你这么无所事事呢？闲得就知道谈恋爱了。正经一点儿，做点儿实际的事可以吗？"

"别给我上大课，好像只有你想加入党组织。有理想、有思想、有担当的三好青年，都让你给全占了，还给人家活路吗？"

"你也别笑话我了，咱几斤几两，心里都有数。说点儿实际的，你这段时间到底是死到哪里去了呢？突然就来了个人间蒸发，我去你那边找你，也没有看到人。"

"哈哈……想我了吧？知道我的好了吧？"张筱雅边笑边说，不时地用手拢一拢那一头洒脱不羁的短发。一句"死到哪里去了"，撩拨得她的腰都直不起来了。

"想你，想你个球呢！"黄明远哼哼唧唧地蹦了一句出来。

"嘿，我心里明明听见你说，张筱雅，黄明远想你了，你死到哪里去了呀，还不快给我滚回来。"张筱雅捏着鼻子，发出阴阳怪气的腔调。

黄明远伸手拍了下张筱雅的脑瓜顶，说："你呀，真是个精怪，想到哪里去了呢？"

"我说的是真的。"张筱雅抓起黄明远的手放在她的脸上。

黄明远顿时愣住了。他一下子还没有缓过神来。

张筱雅就拉起黄明远，说："我们出去走走吧，有事跟你商量。"

黄明远想了想，穿好衣服，就跟在张筱雅的屁股后头出来了。

他们走过工地，越过工棚，来到一片开阔的田野上。地里的稻谷已经成熟饱满，风吹来，涌起一波波稻浪，在金色的阳光下起伏，又如一条条闪着金光的黄龙，摇头摆尾，煞是好看。张筱雅寻了块宽敞的空地，铺上一层干枯的茅草。两个人坐在上面，感觉软软和和的。张筱雅开门见山，把父亲的决定告诉黄明远，希望他能跟着她一起回去，说那里有更美好的前程等着他们，比在这里奋斗更有价值和意义。接着，她继续说道：

"还记得老曹吗？他死得太惨了。如果我们就这样死在了这里，你觉得值吗？"

"不！不许你这样说老曹。他是党员，更是个英雄！"黄明远像根弹簧一样弹了起来，说，"他的死是值得的。他把一辈子献给了铁路，甚至把生命都献了出去，他是人民的功臣。不要这样去评价他的死。我父亲也是在抗美援朝的铁路抢修项目上牺牲的，和老曹一样，都是英雄，为祖国、为人民做出巨大贡献的英雄!"他情绪激动,突然上气不接下气,竟然像个大男孩儿一样呜呜地哭开了,哭声像是火车启动时的汽笛声。

"你这是怎么啦?吃了硝药吗?"张筱雅把黄明远的脑袋搂到怀里。

黄明远枕在张筱雅的腿上,发出更大的悲鸣,像是有满腹的委屈想要诉说,却又不知道如何去说,只有用这不停歇的哭声来替代。直到他的声音开始嘶哑了,才渐渐地控制住情绪。

张筱雅用手摩挲着黄明远的头发,又扯着衣角替他揩去纵横交错的泪痕。她柔声说:"好了,我不说老曹了。对不起!你不要太伤心了。我忘记了你的父亲也是牺牲在铁路上的。你说得对,老曹和你父亲都是英雄。我知道你对铁路有很深的感情,要你一下子离开这里,需要时间和勇气。可是,我答应你,你跟我回到家里,我们还是为铁路做贡献,做更多、更大的贡献。"

"真的吗?"黄明远站起来,仿佛一下子看到了胜利的曙光。他终于发现自己把张筱雅的衣服弄得濡湿了一大片,有点儿不好意思起来。也许是衣服被弄湿后穿得不舒服,张筱雅也站起来,脱掉外衣,甩在了茅草上。她里面穿着一件粉红色的贴身小衣,衬托着她那圆圆的红苹果一样的面庞。黄明远挺了挺身板,说:"时候不早了,我们先回去吧。"说完之后,还来不及迈开脚步,就被张筱雅用脚后跟绊了一下。黄明远被张筱雅这一突如其来的举动搞蒙了,一下子就摔在地上。他望着张筱雅玲珑有致的身段,张开了嘴巴,想说什么,脑袋里却一片空白,不知道要说什么了。张筱雅伸出手,眼里满是期待。黄明远的目光游弋,停了片刻,他低声又急促地说:"筱雅,对不起!我再想想,再想想,明天再给你答复。"说着猛地站了起来,迈开步子,大步流星地走了。

张筱雅立在原地,大声骂着:"黄明远,你是头猪,是只狗!你不是个男人!你是个王八羔子!"

5

黄明远没有直接回宿舍,他去了萌萌工作的地方。

黄明远躲在一棵粗大的银杏树后,远远地看着萌萌忙进忙出身后跟着米西。他还记得,这只流浪狗是萌萌和他在勘察时捡到的,萌萌给它取了个名字,叫米西。如今,米西身上的毛发洗得白白的,全身干净利落,模样可爱,再不是那只卷毛流浪狗了。米西是个很好的助手,随时听从萌萌的召唤。萌萌需要什么,它就把什么送过去,当然是用嘴巴叼的。

米西不时地看向黄明远这边,一边张望,一边发出汪汪的叫声。没过一会儿,它突然摇晃着尾巴,朝黄明远奔跑过来。刚跑到一半,萌萌喊:"米西,回来,不要乱跑。"它顿住了,远远地望了黄明远一眼,又汪汪叫着跑回去了。黄明远想,狗的嗅觉和记忆是惊人的,米西应该是记得他的,可惜它不会说话,不然萌萌也不会把它唤回去了。他本来想走过去跟萌萌说说话的,可是又不知道说什么好,一时心里很是纠结。

黄明远一直偷偷地躲在树后面张望,过了个把小时,才掉头离去。米西冲着他的方向,不停地吠。萌萌忙忙碌碌,也顾不上看米西发现了什么。米西看黄明远越走越远,也就渐渐安静了下来。

黄明远逃也似的回到了宿舍。这个时候,工友们一个个都陆续回来了,雄性的气息弥漫。有人开始漱口刷牙;有人躺在床上,什么话都不说,像是累极了;有人说收到了家里的来信,要给他介绍对象,姑娘很乖致,等着他回家抬着花轿去娶。有人开荤的玩笑,说女人的奶子是豆腐做的,一走路就能摇晃,看得人都花了眼。旁边的人就打趣说:"你看什么不好,那是你看的地方吗?"那人就嚷嚷开了,好似在向一屋子的人辩解。黄明远听着这些闲话,不由得想起张筱雅和他在茅草地上的那一幕——他和张筱雅最亲密的一次肌体接触。他的脸不自觉地发烫起来。

等这些乱腾腾的声响平息下来，窗外的光线也变得柔和了。待一线淡淡的光亮从窗棂划过，天色愈加暗沉下来。太阳下山了，他和萌萌看了很多次，太熟悉了。他懒洋洋地躺在床上，感受着落日的凄美，不禁想起他刚到湘黔线上跟萌萌偶遇的情景。

那时，萌萌的父亲是五处后勤的班长。黄明远和萌萌经常在食堂帮忙做事，只要萌萌在他身边，他做馒头和包子时总把盐当作糖放进去，每次都要讨柳班长的骂。萌萌咯咯地笑着，然后帮他一起返工。萌萌喜欢唱歌，她去工地给工友送茶水，辫子一甩，就会唱起《挑担茶叶上北京》《东方红》……声音清脆洪亮，整个工地都能听到。大家都喜欢听萌萌唱歌。工友下工回来，总会拿他和萌萌开玩笑。尤其是老曹，说他们是郎才女貌，天生的一对，要是结婚，一定要做他们的主婚人。大伙儿的玩笑把黄明远的胆子也笑大了，他就真的买了一匹水红色的的确良花布送给柳班长当聘礼。柳班长也没有拒绝。他又写了封情书，在工地上大声朗读，公开向萌萌求婚。两人平时出双入对，相处得挺好，不想在关键时刻，萌萌却选择了逃避。不知道是姑娘家害羞还是还没有做好准备，萌萌躲了他几天后，就到了湘黔线。

黄明远受了打击，但他想不明白，萌萌为什么拒绝他的求婚。当时萌萌在五处就他一个朋友，而且也只有他们两个年纪相仿。萌萌走了后，五处又分进来几个新工人，其中就有张筱雅和郭向东。黄明远不死心，他一定要弄明白萌萌心里到底有没有他。于是，为了找萌萌，黄明远这个肩不能挑、手不能提的笔杆子，顶着压力和工作上的危险，跟着老曹的隧道施工队来到了湘黔线。在一次隧道施工的时候，黄明远头上砸了一个洞，血流不止。不承想，去包扎的时候，刚好是萌萌接的他。当看到那条熟悉的马尾辫，黄明远激动不已，哭喊着："萌萌、萌萌是你吗？"萌萌一边包扎，一边应声："别动，是我。"看着黄明远满头满脸的鲜血，萌萌与他抱头痛哭。黄明远说："这下你逃不掉了吧？

我就是追到天涯海角，也要你做我的新娘。"萌萌含着眼泪，终于点了点头。黄明远闻着萌萌身上兰草一样的香气，顾不得头破血流，把她抱得紧紧的。

　　一想起这个相见的场景，黄明远的脸上就流露出醉心而满足的笑意。萌萌的泪，萌萌的心疼，萌萌的怀抱，都让他懂得，他没有白来这一趟。受伤后，黄明远还成功地加入了党组织，这让许多年轻的工友羡慕不已。可慢慢地，萌萌又没有以往那么高兴和兴奋了，她仍然是淡淡地说话，勤奋地工作，看不出她心里的波澜。虽然同在一个工地做事，萌萌却是很少过来找黄明远的，这是她一贯的矜持。还有就是她的工作比张筱雅多，不仅要跟着工程进度勘测土质，还要修改图纸，伤员多的时候还要去卫生室帮忙，时间确实是挺少的。黄明远是想破了脑袋也想不明白，他和萌萌之间怎么就突然变得别扭起来了。

　　黑夜终究是来临了。工友们躺在被窝儿里，又闹腾了一番。抽水烟的点燃了水烟，烟头一闪一闪，忽明忽暗的，像山间熟透的野荔一样红得通明。烟头落尽了烟灰，宿舍里也彻底静下来。接着，就有人打呼噜了，一个传一个。很快，呼噜的交响曲就开始合奏了。

　　黄明远也感觉到了疲倦。他已经想好了，他要告诉张筱雅，他决定留下来照顾萌萌，萌萌一个人在这里太孤单了，当然了，不仅仅是因为萌萌比她更需要他。在他黄明远的心里，他会把张筱雅当作自己的小妹，永远地保护她，不许别人欺负她。这样想的时候，他就迷迷糊糊地睡着了。

　　半夜的时候，黄明远好像来到了一个陌生的地方。那里正在修建铁路，一些人在山上铺轨，一些人在远处打钻，还有一些人在山的另一边打炮开路，发出隆隆的炮火声。到处都是叮叮当当的响声，场面热闹得很。黄明远走过去，加入了施工的队伍。他跟一个工友抬起一根泡在沥青里的枕木，朝前走去。枕木也许是泡得太久了，表皮已经被沥青完全吃进去，变得非常沉重。黄明远抬着前头，走起来摇摇晃晃的，几次差点儿摔倒。他转过头去，心跳立马加速——跟他一起抬枕木的人居然是老曹！老曹像平常那样，笑呵呵的。黄明远感觉自己的心都要蹦出来了，双腿也像灌了铅一样，迈不开步，走也不是，不走也不是。突然，老曹一个重心不稳，一个趔趄跌坐在地上，枕木那头也从老曹的膀子上滑下来，滚落到地上。再看老曹，一身血，眼皮大张着，眼球鼓鼓的，好像要掉出来一样。

黄明远不由吓得大叫一声，醒了过来。睁开眼睛，才知道是个梦。这个梦里的场景太逼真了，黄明远都不敢相信是梦。而老曹在梦里死去的模样，跟他那天在现场看到的一模一样。黄明远再也睡不着了。他流下了泪，泪水快速而汹涌，也流进了嘴巴。泪水是咸的，他心里却泛着酸酸的味道。他感觉自己很委屈，心里有一种说不出的悲凉。他不怕吃苦，也不怕风餐露宿，愿意跟萌萌一起面对苦难，风雨兼程。他又想起了跟萌萌在田野上一起看夕阳的情景，想起了他们手拉着手许的心愿……

6

黄明远不知道翻了多少次身，才看见窗户外面喷薄而出的久违的鱼肚白。大伙儿也都起床开始洗漱了，牙膏泡沫到处乱飞。黄明远眼皮浮肿，蔫头耷脑，眼睛里布满闪电般交叉炸裂的血丝。他牙也没有刷，穿上胶鞋就急匆匆地往外赶。

走到门口的时候，一个人拦在前面。他向左，那人也向左拦着；他向右，那人也向右拦着。黄明远刚要发火吼一声"你到底是要往哪里走？"抬头一看，不料那人不是别人，正是郭向东。郭向东盯着他，眉毛一挑，说："走，到外面去，我有话要跟你说。"这个郭向东呢，说起来还是他的徒弟，刚进五处的时候，是给他打下手的。郭向东用这种语气跟他说话，黄明远本来要发作，但因为心里装着事情，便没有跟他理论。

两人走到一块空地，郭向东说：

"行，就在这里讲几句。打开窗子讲亮话吧，我想问你，你到底是要选择张筱雅还是选择萌萌？"

"你又横过来干吗？天要下雨，娘要嫁人，与你何干？"黄明远皱着眉头。又问："你又是怎么知道的？"

"昨天晚上张筱雅哭了一个晚上，都是因为你。也不撒泡尿照照自己，算个什么东西！真的是好心当成驴肝肺。"

"这又关你什么事？你是她什么人呢？滚一边去。"

"你叫谁滚？"

"叫你滚。"

郭向东听后，握着拳头就朝黄明远抡过去。黄明远也不甘示弱。两个男人你一拳，我一脚，打得不可开交。黄明远的鼻子中了一拳，流出殷红的血痕。这个时候，张筱雅赶过来了，大声呵斥他们停下。

黄明远用手抹去嘴巴边的血痕，说："我正要去告诉你呢，不想被这小子约到这里打了一架。"

张筱雅看了一眼郭向东。郭向东低声说："我就看不惯这小子不知好歹的样子，不教训教训他，他真以为自己是天下第一了。"

"我们的事情不要你插手。"张筱雅说完，转头定定地看着黄明远。

黄明远没有看她，而是望着远处的山峦说："你容我去跟萌萌道个别吧。"

"好，我跟你一起去。"张筱雅说着就挽起黄明远的胳膊，两人一起去找萌萌。

郭向东拦住黄明远："慢着，我有几句话要说。你既然做了选择，就要对得起你的选择，做个真正的男人！不然，我的拳头可是不认人的，到时可不是让你的鼻子流血这么简单了，我一定要打得你满地找牙。我是说到做到的。"说完头也不回地走了。

在一条窄小的田埂路上，黄明远和张筱雅一前一后地走着，两人各怀心事，谁也没有说话。走到萌萌的工棚时，萌萌正在屋外往竹竿上晾晒衣服。萌萌看到黄明远和张筱雅两个一起来，有些惊讶。她把剩下的衣服搭上，又匆忙地掸几下，就赶紧迎了上去。她拉着张筱雅的手说："筱雅，今天怎么有空过来了？快，到屋里坐坐。"张筱雅不自然地笑了笑，跟着萌萌一起进了屋。萌萌先给他们各倒了杯水，又拉来两把椅子。她连连道歉说："对不住呀，屋里太小了，没有个落脚的地方。"张筱雅说："你太客气了。我们都是住集体宿舍，你这小是小，却是单间呢。毕竟是工程师助手，待遇就是不一样。"萌萌尴尬地笑了笑，不再接话。

这时，米西也从外面回来了。看到家里来了客人，它非常兴奋，不住地在黄明远和张筱雅两人的空隙间钻来钻去。张筱雅穿着双白色的运动鞋，上面打了个漂亮的蝴蝶结，米西蹲在张筱雅身边，不住地用嘴巴去撕咬它。张筱雅踢了米西一脚，非常烦躁地喊着："一边去，别弄脏了我的鞋子。"米西嘴里发出呜呜的声音。它转过头去，跑到了黄明远那边。萌萌见了，赶紧把米西赶开，说："米西，外面玩去，不要在这里捣乱。"黄明远看到眼前的一幕，用手拍拍米西的脑袋，说："米西，乖，大人们有事要谈，到外面守门去。"米西抬起脑袋，定定地看着黄明远。它好像听懂了黄明远的话，伸出长长的舌头，舔了下他的手背，就跑出了门。张筱雅看到，厌恶地说："脏不脏呀？"

黄明远没有吭声，他抬眼盯着门外的日光，似乎在想什么。张筱雅不停地朝他使眼色。黄明远的余光是瞥见了的，但他没有回应。他想起萌萌曾经说过，不要把一肚子书烂在肚子里，要发挥出最佳效应。是呀，萌萌应该能懂得的。她是如此冰雪聪明，她的心又是镶了金边儿的落日，当然也会原谅他的。黄明远心乱如麻地想着，不知道如何开口。

萌萌也不介意张筱雅对米西的反感，她问道："你们过来是有什么事情吗？要是不急的话，我先去准备一下午餐，到时咱们在这里炒两个菜，就不去工地食堂上吃了。那里人多，也都是些包子、馒头、大锅菜，没有自己炒得好吃。"

张筱雅说："不用去准备，我们说说话就要走了。"说着拿眼看着黄明远。

黄明远沉吟了半晌，才吞吞吐吐地说："萌萌，我要回去了，家里有事。我要跟张筱雅一起走了……要是、要是你愿意的话，就跟着我们一起走吧，或者我们送你回到五处。你一个人在这里孤孤单单的，多不好……"

张筱雅眉头一皱，说："萌萌在这里挺习惯的。瞧她这里什么都准备了现成的，连饭菜都可以自己弄，也不用跟大伙儿一起住集体宿舍，多自由呀！要不是家里有急事，我们也不会这么快回去的。"

黄明远冲着她吼："张筱雅，你能不能闭上那张臭嘴，少说两句？"

"你干吗说话总说半截呀？干吗不大大方方地告诉萌萌，你是要跟着我回家乡，那里有更适合你发展的工作？"

萌萌开始是有些蒙的，没有回过神来，但听着他们两个吵闹的话和不自然的神态，心里也明白了八九分。她对黄明远说："何必要吵架呢？你们都回去吧，我一个人在这里挺好。我不会孤单，米西会一直在这里陪我，我也会照顾好自己的。"说着眼里涌出了泪花。

这时，黄明远用手抓着自己的头发，表情扭曲地说："你们能不能让我安静一下？能不能让我自己做出选择？"

7

远处，村庄的上空冒出奶白色的轻烟。水牛一边甩着尾巴，一边嚼着青草，那双又圆又大的眼睛望着远处。那里有一条流经村庄的河流，波光粼粼，细碎的波澜被霞光浸染，暖暖的，柔柔的，时光好像卡在那里，又好像是被日光所复制。

　　有个人站在远处的山坡上，望着张筱雅和黄明远从萌萌的屋里出来，心里酸酸的。

　　张筱雅心里酸酸的。

　　黄明远心里也是酸酸的。

　　萌萌心里也涌出了酸酸的味道……

孰对孰错

1

尚志明一整晚都在想儿子。他蜷缩在9楼顶层的天台边上，紧挨着半个人高的水泥栏杆。不是点燃的烟头一闪一闪的，还真不知道有个人团在那里。周围一片混沌，好像有东西落进了眼睛。尚志明像一只脑袋蓬松的麻雀，茫然地望着前面那层推也推不开的轻雾。四周静得让人揪心，没有人关心他的存在。他把地上的烟屁股一根根竖起来，立在那里，像一个个又短又粗的感叹号，又像是被锯成一截一截的枞木。天快要亮了，东方已经喷出了白白的光亮。尚志明一晚没睡，他的耳朵里好像有蜜蜂嗡嗡的声音，就那么一小会儿，又听不见了。他感觉下肢麻木，想换个姿势，却一屁股坐在了那里。

他怎么也想不通儿子怎么会从这里跳下去。这么高的楼，有9层。他一个晚上有好几次想迈上那窄窄的水泥栏杆，体验一下落叶扑向大地的感觉，但几次尝试都失败了。他一伸脖子看下面，头就晕，心慌得不得了，腿也直哆嗦，根本立不住。他想儿子有他的基因，儿子也应该恐高，怎么就敢从这里跳下去呢。据说警察来勘察现场的时候，有人说，他儿子在考场跟老师发生了争执。他想，争几句就争几句，干吗要动真格的，况且就是一次考试，东方不亮西方亮，没什么大不了的，就那么轻易地纵身一跃，真的是糊涂到透心凉！他真想跟儿子说话，可是没有机会了。儿子出事的时候，他还在拉斯维加斯，后来因为签证的事情没有搞好，他无法登机，又因为护照丢失，工作也驿动，在拉斯维加斯整整折腾了一年。这又能怪到谁呢？他抬手看了下那块瑞士表，北京时间6月7日凌晨5点。他想，这个时候的拉斯维加斯，应该是中午13点了。

去年的这个时候，他正在拉斯维加斯经历一场惊心动魄的抢劫。歹徒用丝袜蒙着头，把黑洞洞的枪口顶在他的脑袋上，他的心脏跳动得都快蹦出来了。6月7日，是他儿子高考的日子，是他人生起航的关键时刻，他答应儿子买块瑞士表的。他进了一家商铺观摩了半个多小时，最后咬咬牙付完1620.03美元，就拿着手表离开了。没走多远，就听到一位女士的尖叫，然后被手持枪械的歹徒逼进一条小胡同。尚志明虽然慌得不行，但他潜意识里还是把那块瑞士表藏到腰间的皮带里，贴肉放好。被围住的几个人都乖乖地掏出身上的钱，然后双手举起靠墙，他也不例外。他是唯一一个亚洲人，更是不敢轻举妄动。很多同事告诉他，碰上了歹徒，按照他们的要求去做就是，他们只是劫财，不会轻易伤人性命，千万不要反抗。尚志明毕竟还是头一次碰到那样的情况，真是糟糕透了！他的心像只兔子一样乱窜，感觉自己就要死了。令人费解的是，在那生死攸关的时刻，尚志明的眼前居然晃动着妻子忙碌的身影。妻子给他端来一碗热气腾腾的银耳莲子粥，说："喝吧，夏天喝了好，稳心祛火。"声音很柔，黏黏的，跟那碗银耳莲子羹的浓度差不多。妻子很漂亮，优雅知性，懂得养生和调理生活。

2

阿静这天买了牛肉和排骨。牛肉炒小米椒、排骨炖海带这两个菜，她儿子都爱吃。

都说6月7日在中国是个特别的日子，这个日子牵动着全中国高三学生家长的心。这天，阿静像以前一样送儿子去了学校，然后在返回的路上去菜市场买菜。她的头发很直，很柔，风一吹就飞起来了，她不时地用尖尖的指甲把凌乱的发丝拢到耳朵后面。

路上想起昨晚跟她儿子的谈话，心就暖暖的。她儿子用变了音色的腔调嚷嚷着："喂，我的老姐，别老穿着个围裙晃来晃去的，幸亏是在家里，出门一定要脱了。如今都什么年代了，还这样不知道讲究。"儿子总喜欢喊她老姐，说她这么大年龄的也不懂事，说话做事都幼稚得不得了。至于她怎么幼稚了，她自己也不知道。她心想，儿子说她幼稚就幼稚，反正又不是别人说的。好像儿子是在上高中时就开始这样喊她了，阿静也不纠正，蛮乐意的，觉得儿子贴心。听儿子讲，下面各个学区的学生都提前一天赶到了县城，所有的宾馆都住满了。

"满了就满了，反正你又不需要去住宾馆，从家里到学校考场也就不到两千米，你不想走路，我用电动车驮你去就是了。"阿静说。

"要得。以后老姐就再也不用大冷天的穿着个睡衣深更半夜出门，站在旮旯里可怜兮兮地吹着西北风踮起脚尖等我了，开心吧？"儿子嘻嘻哈哈地笑着，那双好看的双眼皮大眼睛都笑眯了。

儿子的成绩很棒，视力也好，不像别的学生，很早就戴了副老学究的黑边眼镜。这都要归功于阿静的生活调理。她不知道给儿子买了多少深海鱼油吃了，平时生活中也离不开各种鱼。凡是对眼睛有好处的食物，她都搭配着做，把儿子养得像一条金光闪闪的大鲤鱼，只等着那么一跃，金榜题名。阿静用食指在儿子挺直的鼻梁上用力刮了一下，说："开心——，不过，都接了三年了，已经是习惯成自然了，一下子又不要去接了，还真不知道该干吗。"

儿子说："瞧你们这些家长！平日里不要你们接吧，非要去接，接了又说好累，现在不用去接了，反倒又不知道自己该干吗了。照我看，以后就好好放松一下，做点儿自己想做的事情。女人嘛，也要为自己活一把。等我以后拿工资了，就支持老姐去周游世界。人嘛，不能一辈子老窝在家里，得长长见识。不过，老姐，你得先答应我一个要求。"

"什么要求？"

"考完试后，我要去 KTV 唱歌，同学们早约好的。"

"你一翘屁股，我就知道你要拉什么屎了。好吧，十年寒窗，盼的就是这天呀！考完试你就去吧，也要放松放松了。看你们高三整整一年几乎没有休息过，天天埋在试卷堆里，真担心你们憋出个好歹来。"

"真的是知子莫若母，看来儿子是妈妈的心头肉、女儿是爸爸的小棉袄，真的是至理名言。可不是！几天就一大考，几乎天天有小考，人都快烤焦了，难怪一到 6 到 7 日就会出现些零星怪事。"

"什么怪事？"

"去年 6 月 7 日考试的时候，不是有一个男生跳楼了吗？历史的教训呀！但愿以后不要再发生这样的事情了，太惨了！据说这学生还是个学霸，成绩好得不得了，是全校排名前十的尖子生，清华、北大的种子选手。听说他被同学刺激了一下，说他是私生子，没有爸爸。他当时就打电话给他妈妈。他妈妈是个打工的民工，也给不了他具体的说法。他长期被寄养在他姨妈的家里。"

"我天天足不出户的，哪里晓得这些事情？再说这事儿天远地远的，和我八竿子打不着。你也不要去说了，毕竟你明天要去考试，晦气！说点儿高兴的吧。"

"老姐，你也要接触接触社会，看看新闻什么的。"

"嘿，龟儿子，你高二会考的时候，那些政治时事资料是谁帮你整理的？我天天盯着电视看新闻呢！一有重要领导讲话，我就把核心问题记录下来，给你参考。你进入高三，我更是忙得不亦乐乎，每天早出晚归、披星戴月地接送，晚上给你准备夜宵。前段时间，我又给你准备自主招生考试备考的资料，光那几张成绩表就把我搞晕了。我又不怎么会弄电脑，搞错过几次，做了好多无用功，还要去找学校的领导盖章，容易吗我？你学习那么忙，天天在喝墨汁，我难道还忍心要你自己去搞这些乱七八糟的事情吗？"阿静委屈地撇着嘴。

"哈哈……按时下流行用语，考学生也是考家长。"

"对，反正我感觉我也在跟着你一起读书了。"阿静接着端了盆热水过来。盆是尚志明以前在外面出差时买的，是个用来专门洗脚的按摩盆。阿静不喜欢洗脚按摩，嫌这东西放在哪里都碍眼，就把它放在杂屋，一直没有使用过。阿静把电源接通，儿子把脚一放进去就咯咯地笑起来，说："不行了，不行了，我最怕人给我挠痒痒了，这家伙，挠的还是脚板心，真叫人受不了。"

"忍着点儿，儿子。听你爸说这东西可神奇了，可以舒筋活络，治疗许多亚健康疾病。我是怕痒，也嫌麻烦，就一直没有用过，今天就给你先用吧。给我儿洗洗脚，暖暖心，以后我儿上了大学，我就没有机会给你洗脚了。明天考试轻装上阵，祝我儿子旗开得胜！儿子呀，我们一家都不容易。你爸常年在外，不是巴西，就是洛杉矶，跑来跑去、飞来飞去的，今年又被单位派到拉斯维加斯，搞什么科研项目，漂洋过海的，我们一年到头难得看到一次他的真人真身。碰上传统节日和我们的生日，我们也只能在网上看看他。还是一家人团团圆圆地在一起好。你白梅阿姨总是羡慕我，说我一个平头百姓，在这个山窝窝里嫁了个出国留洋的老公，幸福死了！她哪里晓得我们的苦？等你爸合同期满回来，我再也不让他签这样的合同了。头几年人民币贬值，他存的外币都来不及兑换，贬了值，也没有挣到多少人民币。就拿前几年来说，当时美元兑换雷亚尔的汇率大约在2.50波动，雷亚尔兑换人民币在2.48左右，你爸在巴西，真的是损兵折将！每年收入也就是个十几万，刚好够养家糊口的。现在哪个在外面打拼的年薪没有个几十万的？你爸是单位限制，憋屈了。"

"同学们也很羡慕我有个可以用英语交流的老爸。"

"唉，这么多年，你是不晓事。你爸虽然也回来，但每年只回来一次，这个家比旅馆还不如呢。每次回来，飞机要是晚点或者检修延，我的心就绷得紧紧的，生怕飞机在太平洋上出事，揪心着呢。唉，不说了，不说这些了，你明天还要考试，以后就靠我儿争气了。"阿静把她儿子的脚放在她的大腿上擦干水。

　　尚文也没有吭声，他看到阿静的头上有一根银色的发丝，显得桀骜不驯，格外显眼。再细看一下阿静的眼角，那里的褶皱也有了连绵起伏的气势。他叫阿静别动，然后把那根耀眼的发丝剔了出来，再用手压着旁边的头发，揪着根部稍一用力，就拔了出来。尚文把它绕成一团，悄悄地丢到身后的垃圾桶里。

　　阿静居然没有感觉到疼痛，只一个劲儿地问："头上有什么呢？"

　　尚文说："没什么，刚刚一只该死的飞蛾飞到你的头上了，我已经灭了它。"

　　阿静抬起头，看到尚文正在瞅着窗外。她也瞥了一眼，却什么也没有看到。外面一团漆黑，只有小区里的路灯朦朦胧胧，昏黄的光晕像是浆洗了百年的土纱布，顽强而柔弱。隐约之间，有一股馊馊的米汤味流淌的气息。

3

　　下课铃响的时候，阿静早在校门口候着了。校门口前这一条街，从头到尾，都是黑压压的一堆人，比元宵节闹龙灯还热闹。家长们手里拿着帕子或者广告纸，躲在树荫下扇风，要是平时，不管在家里还是在外面，空调都是开得呜呜地响。6月7日这天，一家子围着孩子转，有专门去接送的，有专门等着孩子下考场的，还有专门在家里准备饭菜的。总之，林林总总，一家子能用上的人都用上了。

　　考场里面没有一点儿声音。外面候着的家长一个个默不作声，拿出手机，却都没有发出声响，显得特有素养。连马路上的各种车辆这两天都特温柔，鱼一样来来去去，悄无声息的，配合得很默契。别看这些家长们一个个站着不动，却满头大汗，一双眼睛也不安生。他们一分钟里面要看三个地方，踮起脚尖瞄一眼里面的考场，又瞄一下手表看看时间，再定定神看看手机。阿静不自觉地想，平时嘱咐儿子做事不要丢三落四、粗心大意，比如出门就要带钥匙，万一家长有事不能来接，没带好钥匙就进不了门。想着想着就觉得胸口憋闷，总觉得有什么东西压得喘不过气来。又突然想，这龟儿子的考试工具应该都带进去了，她出门的时候还告诉儿子要检查一遍。她不记得了，真的是不记得了。阿静的脑袋里乱纷纷的，又想起儿子批评她的话："看看你们家长，总以为自己什么都能，其实还不是一样丢三落四。上次你的身份证不就是我给你找到的吗？到处乱放，又没有记性，自己放在哪里了都不晓得。"儿子没个正经，阿静就叹一口气："唉，冇得办法，不要跟我学，你老姐终究是老了。"

　　阿静走神的当儿，已有学生三三两两地从校门口走出来了。家长们开始涌过去，围成一圈，"照子"放得亮堂堂的，生怕漏掉了一点儿蛛丝马迹。阿静很远就看到儿子出来了，走路的姿势很矫健，脚步也迈得很大，三步并作两步，面带微笑，眼睛发亮，看样子是出师大捷了。果然，他一看到阿静就跳得老高，一蹦一蹦的，像头羚羊，嚷嚷着："老姐，老姐，这次的作文题目就是我之前预习的，我自己抓的，抓得准吧？"

　　阿静激动地抓住儿子的手："考得还好吧？"

　　"感觉还行。"

　　"那就好，那就好，也不要去对答案什么的。下午就要考数学了，数学是用来拉分的，一定要把握好速度和质量。"

　　"放心吧。"

　　"也是，我儿平时成绩就很稳定的，只要题目出得不偏就没有大问题。"阿静喜滋滋地把电动车推出来，说，"快上来吧，饭菜都已经做好了,只等着你回去吃。吃完就好好睡一觉,什么都不要想。"

4

阿静笑眯眯地看着儿子吃完了一碗排骨海带汤,赶紧起身又给他盛了一碗米饭,说:"儿子,多吃点儿牛肉,牛肉吃了好,长得结实。如今那么多的禽流感,鸡鸭鱼肉呀,我都不敢多买,还是吃牛肉好,你看外国人喜欢吃牛排,都长得人高马大。"阿静用纸巾给儿子擦去他额头上冒出来的汗。

"还是托我老姐的福!我都有一米八了,我们班那个成绩最好、长得最漂亮的女生说我是班上最帅气的男生,有男人味。她还说我长得像姚明。"

"真的吗?我儿还有乖态女生青睐,不错不错。"阿静拍了拍儿子的头,说,"幸亏学习没有分神,就担心你们少男少女早恋,这样会影响学习的。"

尚文说:"老姐,你也太落伍了,观念起码要更新五十年。有句话怎么说的?不要去做追赶马的人,要做马去寻找的那片芳草。你看马跑得那么快,是你两条腿能追得上的吗?为了成功地长成那滩让马停留下来并且流连不已的青草,我是奋战了多少个日日夜夜呀!人都起码减了十斤膘,我容易吗?"

"对,读书就是要你追我赶的才能进步,你的想法是好的。"

"老姐,再告诉你一个秘密,可不要告诉爸爸。他搞科研,脑袋烧坏了,完全一个书呆子。还是一只中国的蜗牛,在国外也不吸收先进经验,脑袋更新得太慢。"

"好,不告诉他就是。"

"那个女生在我生日的时候还送了个风铃给我,我也送了礼物给她。而且,我们两个是真的很有缘,她就跟我分在一个考室,还同在一个小组。"

"哦，那是真的有缘。好好吃饭吧，今天怎么这么多话？瞧你兴奋的！吃好了就去午休。下午3点钟考试，是提前半个小时进考场吧？我2点钟准时喊醒你。"

尚文把碗里的米饭一口扒完，说："别急，我还要告诉你一件事情，我爸说等我高考后给我买块瑞士表。我不要手表，我要买辆小车，小型的那种，就几万块钱。我考完试后就报名去考驾驶证，我会在一个月以内拿到驾照，到时就带她去兜风，不走远，就在附近的地方转转。我答应了她，君子一言，驷马难追。你一定要帮我跟爸爸说说好话。你儿子也是快成年的人了，都十八岁了。"

阿静惊讶得瞪大了眼睛，说："儿子，你今天没发高烧吧？说话总有点儿煳味呢。自主招生你过了两所985，考完马上要集中精力去参加笔试和面试了，哪儿有时间考驾照呢？"

尚文说："老姐，你也不到网上查查，那些所谓的自主招生学校有几个好专业呢。虽然都是985和211学校，但都是先把一些冷门专业放出来优惠分数的，好的专业还没有拿出来。再说，那些不是985、211类的学校也有许多好专业，很热门，也很好就业，眼光要看远，我以后还要考研的。"

阿静忙不迭地点头，说："好，好，现在想那么远的事情干吗？现在当紧的事情就是休息，养精蓄锐，以最好的精神状态去考试。要知道，数学可是你的强项，高考也就是要靠数理化拉分。什么事情都等考完试后再说，以前好像你也没有这么多话，现在怎么了？高中三年跟我说的话加起来都没有今天的话多，怎么回事？真的是人老话多，树老根多。"边说边把尚文推到他的卧室，转身把门关上。

尚文又把门打开，说："那是没有机会跟你说话，每天读书都是两头黑，哪儿有机会说多少话。我说说话怎么就是老了呢？你见过十七八岁的老头子吗？"

阿静舌头一伸，说："那是我嘴巴快了，是我老了，人老话多，行了吧？快去睡觉。"

5

阿静收拾好碗筷，就在沙发上坐着，不知道接下去该做些什么才好。她不敢打开电视，怕影响儿子休息，就起身去洗了两个苹果，准备尚文醒了给他吃。这个时候，她的手机响了，一看，是白梅打来的，赶紧跑进她的卧室，把门关上。

白梅问："尚文肯定考得好吧？"

"看他那兴奋的样子，应该还过得去。你儿子呢？"

白梅在电话里叹了口气，说："那个闷葫芦，看着就不让人省心。考试回来，一句话都没有说，吃了饭就睡觉。我问都不敢问他，生怕他没有考好，情绪激动。"

"不说话不代表没有考好，也许是想积攒精力应付下午的考试吧。我家的就是话太多了，叽里呱啦的，我都担心他太兴奋了，休息不好，影响下午的数学考试。"

"你也是瞎操心！尚文从小学到高中的成绩一直很好，也很稳定。"

"不多说了，孩子们下午还要考试，你也休息一下，真的是孩子高考，家长也在高考。"

"是咧，现在时代不同了，考学生也是在考家长，填志愿、填专业都是要家长拿主意的，孩子还小，他们懂得多少呢？他们哪里知道现代社会哪些专业吃香，好安置工作呢？真是不知道选个好学校，还是选个好专业。以前哪儿有家长这么操心的？都是瞎猫碰上死耗子，要靠自己。"

"是啊，是啊，时代真的变了，我们都落伍了，不多说了，休息吧。等孩子这两天高考结束，我们也出去放松放松。现在我胸口闷闷的，都有点儿缓不过来。"

阿静说完正要挂电话，白梅又叹了口气。

阿静忍不住问："怎么了？"

白梅说："我也不晓得怎么搞的，心里是七上八下的，生怕孩子没有考好，但万一没有考好又觉得没有什么。"

"是的，关键是心态要好，家长和孩子都要有个好心态才行。一切顺其自然。"阿静说。

"话是这么讲，可哪个家长不望子成龙呢？阿静，你知道吗，今天发生了件令人想不到的事情。我本来是不想说的，毕竟今天是孩子考试的日子，说了总感觉不吉利。"

"什么事情？"

"我们小区的一个家长跳楼了，人当场摔死。"

"天哪！怎么回事？"

"还不是孩子闹的！他的儿子就是前两年我们这里的清华生，听说入学后因为专业不对头，学不进去，天天玩游戏，好几门功课挂科。他们两口子不敢对外透半点儿水汽。毕竟，他们热热闹闹地请了客，整个县城都晓得他们家出了个状元郎。他儿子这个样子，他都不好意思抬头见人。后来，他把他儿子放到省里的一所985类重点院校读书，他老婆都辞了工作直接去陪读了。但是他儿子还是沉迷在游戏中，根本不理功课。听说，现在这个985学校也不肯收留他儿子了。这不，他就选了这个日子跳楼了。他死了，他老婆才道出这些原委，不然大家都不晓得是怎么回事。"

阿静听完挂了电话，坐在床上发呆。她想不明白现在的人怎么了，只觉得脑子里面乱糟糟的，又不由得想起了以前的事情。

那天，阿静一打开门，就接到白梅的电话。

白梅说："你儿子去补习数学吗？如果能有奥数排名，就等于进了重点大学的保险箱，闭着眼睛就可以上985或者211。运气再好点儿，上清华、北大的概率也比普通学校高。"

阿静说："考名校都是要考奥数的，但我儿子又没有奥数的底子，哪里能考得过呢？人家做家长的也都是全程陪读，我可没有这样的决心，像他们那样把工作都辞了，来个釜底抽薪，把所有的希望和压力都推到孩子身上。"

　　白梅在电话中咳了两声,说:"你呀,真是个财癫!老公在国外挣大钱,你也有工资,儿子只有一个,不把他培养好了,将来靠什么呢?孩子就是祖国的花朵,孩子就是我们的一切呀!我们现在合伙给他们请个数学老师辅导下数学吧,每天我们两个轮流接送,一对一地授课,肯定效率要高。"

　　"好,我不是心疼钱,我得跟我家的志明商量下,再回你话。"

　　"你呀!人家都是妻管严,你是夫管严。"

　　白梅是阿静的初中同学,两人好多年都没有联系了。他们的小孩儿在读小学的时候刚好在一个班,他们两人联系得多些,后来,俩小孩儿上了初中就分开了,他们也联系得少了。现在孩子都进入了高中,白梅又联系上了她。

　　阿静挂了白梅的电话,马上就给尚志明打了过去。那边的电话响了下,就挂了。接着阿静的手机就响了,上面是个0,外加一长串阿拉伯数字。那是尚志明跟她商量好的,有事找他的话,先拨通他的号码,然后就挂掉,他再在网上用网卡回过来。尚志明说,毕竟是越洋电话,得计算着点儿。接通后,阿静把白梅的话告诉了他。

　　尚志明说:"你们呀,真的不晓得世相!在家闲得无聊,恨不得把天给捅出个窟窿。我在美国从来没有见过家长像你们这样的,人家这边的孩子都是从小自强自立的,18岁父母就不管了,靠自己学习打拼和谋职业。现在国内的家长陪读蔚然成风,真的是把孩子当猪在圈养了,这样做有意思吗?孩子出来就跟一个木偶差不多,甚至许多孩子进了大学,都还不会打理自己的日常生活,真的是中国式教育的悲哀!"

　　"别跟我说这些大道理,你就说同意不同意吧,你是在美国,我这里可是在中国。是谁打电话嚷嚷着吃不惯美国的牛排,看着那些挤出来的番茄汁就犯恶心,想起家里的爆炒青椒就流口水的？那是美国好，还是中国好？"阿静在电话里没好气地说。

尚志明哑巴了，憋了半天才吭气，说："你也要讲些道理才好！你说的是生活习惯，我当然是习惯中国的了，可我说的是教育观念问题，两码事，怎么酱油、麻油都混到一起了？"

阿静嘴巴也尖，说："不管是什么油，说到底，不都还是油吗？"

尚志明讷讷地说："那好，你做主就行，你同意就行。"

一开始尚文极力反对补课，说如果非要强行要他补课，他就罢课。当时尚文正在青春期，叛逆心很强，阿静也不敢霸蛮，怕万一弄不好，就会毁了他。然而，不久之后，尚文又主动跟她说要去补课，因为他听说有个同班同学也在那个老师那里补课，人家还是女同学，他也不甘示弱。

阿静没有细问，更不知道他说的女同学是哪个。她想，不管是谁，只要尚文同意补课，就是好事。事实证明，尚文不但提高了数学成绩，而且在省奥数竞赛还得了个第三名的好名次。但他的理综成绩好像又掉下了点儿。没办法，高中时间有限，鱼与熊掌不可兼得。反观白梅的儿子，却硬是油盐不进。白梅花了同样多的钱，他的成绩不说在全县和全校，就是在班级也总是揪住那根老鼠尾巴不放，只比倒数十名好那么一点儿。尚文是把他远远地抛在后面了。想到这里，阿静的脸像一湖波光粼粼的春水，风一送，就漾开了。

阿静是很满足的，老公在国外挣了钱就马上汇给她，儿子也很听话，一门心思扑在学习上，不用她操太多的心，而且他高中三年的成绩一直稳定在全县前十里面，稳一稳，冲一冲，是可以竞争全国的名牌大学的。前不久她去开家长会，儿子的班主任就告诉她，只要尚文这段时间的成绩稳住，不说清华、北大，考个复旦、浙大是十拿九稳的。她听了，心里乐开了花，感觉没日没夜地接送，搞生活调理，真是值得！用尚志明的话说，十五的月亮一半在中国，一半在拉斯维加斯。

6

尚志明始终不能理解,他儿子怎么能如此草率地跨出生命的最后一步,一个不到十八周岁的孩子怎么会有如此的勇气。他希望儿子给他打个告别电话,这样他就能晓得儿子的心思,可以帮他分析问题了,儿子也许就不会从这里跳下去了。他懊恼不已,突然想起那天的抢劫。除了藏在腰间的那块瑞士表,他把其他的东西都掏出来保命了。尚文有没有打出这个越洋电话,他不得而知。

尚志明从阿静断断续续的抽噎中,知道了大概的起因。阿静也是从尚文同考室的同学那里听说,尚文考数学的时候拉了前面同学的衣服,被监考老师看到了。监考老师批评了他,说考试不能舞弊。尚文说他没有舞弊,是他前面的男同学舞弊,他前面的男同学不停地拉前面那个女同学的衣角,要抄她的试卷,搞得那个女同学不能好好做题,都急得要哭了。尚文看到了就拉他的衣角,要他不要抄袭别人的试卷,影响别人考试。这个时候,监考老师就过来了,看到尚文的举动,就批评了他。尚文不服,直接跟监考老师争执起来。监考老师就要通报他们三人舞弊。那个女同学当场就急哭了,转身就埋怨尚文,说他多管闲事,人家抄点儿就抄点儿算了,搞这么大动作干吗!尚文辩解道:"我也是怕他影响你考试,怕我们考同一所学校的计划被他搞砸了。这都什么时候了,你怎么能怪我呢?"

那个女生脸上一红,说:"我什么时候说要跟你考同一所学校了?"

尚文激动地说:"不是说好考同一所学校的吗?我连我爸要给我买块瑞士表都拒绝了……"

那个女生的脸更红了,情绪也激动起来,冲着尚文说:"明白告诉你吧,我那个时候见你数学成绩不是太好,是为了鼓励你好好学习，才答应跟你考同一所学校的。"

尚文半晌说不出话来。他的嘴唇哆嗦着，眼泪喷涌而出，对老师说："那就通报我一个人舞弊吧！都是我的错！我不该多此一举，跟他们没有关系。"

谁知，监考老师在全校广播里通报批评他们三个人考试舞弊……

尚文喜欢打球，在骄阳似火的球场上，他投篮的命中率总是最高的，而且投的还是空心球。那个时候的尚文，总会给站在球场边上的尚志明一个灿烂的笑容。尚文露出一口白白的牙齿，嘴里靠右的一颗是虎牙，在阳光下醒目又耀眼。他微卷的头发像翻开的波浪，一耸一耸的，煞是好看……

此刻，尚志明感受到空气中暖暖的气流和儿子身上的体温，他泪流满面，取下手上的那只瑞士表，后退一步，使出吃奶的劲儿掷了出去。

尚志明走到街上的时候，天已经大亮了，各种车辆从街道和小胡同里钻出来，空气里开始涌动着一股扑面而来的热浪。交警在马路的拐角和校门口摆放着一张牌子，上面写着"6月7日，禁止鸣笛"。

最后的抉择

一

时间一晃而过。严梅梅的女儿有三岁了，取名宁晓巧。

这天，严梅梅一个人去了医院。生了女儿后，严梅梅感觉乳房部位有压痛感，想要宁明烓陪她去医院看看的。但宁明烓一直很忙，很少回家，严梅梅等了一段时间，实在是受不住那种痛疼了，就去医院做了检查。出来结果的时候，医生喊着严梅梅的家属，严梅梅应声去了。医生问："你是严梅梅的什么人？"

"我就是严梅梅。"

"你家属没有跟你一起来吗？"

"干嘛要一起来？"

医生听了略微顿了顿，再轻轻地叹了口气，说："现在的年轻人呀，跟我们那辈真是不一样，真不知道他们想的是什么。"

"他工作忙，也没有时间来。"

"那你家里其他人呢？父母呢？都没有时间吗？"

"我自己得的病，自己扛，放心吧。"

"那就告诉你吧，你要做好思想准备，放松心态，勇敢面对。你得的是乳腺癌，晚期。"

严梅梅好像没有听明白，反问了一句："乳腺癌？晚期？"她的身子摇晃了一下，不过很快就又站稳了，喃喃地说了句："我只是感觉到有些痛，怎么就成了癌了呢？"

严梅梅住院了。

宁明烃从单位匆匆地赶来，看着严梅梅惨白如纸的脸，心里也很不舒服。这一切太突然了，宁明烃都还没有做好接受的准备，只怪自己太专注于工作了，都好久没有照顾妻子了。每天早出晚归，回来后就是伏案疾书，一心扑在如何搞好铁路建设上。他的工作铺得很开，规划也不少，要开大大小小的会议，要分析和研究地段和图纸，要筹划工程……工作忙的时候干脆就睡在办公室，吃饭也在食堂吃，难得回家一起吃餐团圆饭。每逢他们谁过生日，或者逢年过节的，还是严梅梅的母亲过来喊他，要他回家一起吃饭，他才不得不回去吃餐饭。由于思想和精力的转移，他是很少想起许汀了，但也很少关心到严梅梅的生活，她有个什么病痛，自然都是不晓得了。

严梅梅躺在病床上，奄奄一息，再不是那个活波泼辣、敢爱敢恨的严梅梅了，病痛的折磨让她变得脸如纸白，不成人形。宁明烃突然有一种负罪感，觉得自己应该前世就背负了女人的债，今生是专门来还债的。先是亏欠了许汀，现在又对不住严梅梅，真的是让人有无尽的痛苦。这世上什么债都可以还，就是感情债没有办法去还。说实在的，许汀是藏在他心口的一根刺，看不见，又拔不出，那种空虚的苍茫感折磨着他的神经。所以，他也有特别浮躁的时候，莫名其妙地，人就像是吃了火药，一点就燃。于是，宁明烃就把全部精力放在工作上，这样就可以避免许多的问题，但他没有料到，许多潜伏的问题就滋长在未知的道路上了。

严梅梅的父母经常带着宁晓巧去医院照顾严梅梅，宁明烃去得也很勤，一下班就去了。在每天的黄昏与日落之间，他们一家子会不约而同地在严梅梅的病房里相聚。宁明烃一去就坐在严梅梅的病床前，拉着她那双日渐萎缩的手，泪水就下来了。宁晓巧也很乖，要爸爸不哭，妈妈会好起来的，一边说一边给他拭泪。严梅梅的母亲则在旁边劝说着宁明烃，要他也吃点东西，不要把身体弄垮了，梅梅还需要他照顾呢。严梅梅的父亲叹息着，喃喃自语着，真的是人各有命呀，这孩子，怎就这么命苦呢？然后就悄悄拉了老伴出去，留下宁明烃和宁晓巧守着严梅梅。看着严梅梅两只小手被点滴的针头打得青紫一片，一条静脉血管同时有几个针孔，各种颜色的液体慢慢地流进严梅梅的身体里去，也只能暂时减轻她一点点的痛苦，宁明烃感到很无力，也很无奈。他握着严梅梅的手，用热毛巾给她敷针头肿起的地方，把那双软软的小手放到他的脸上，问："梅梅，还痛么？我真的是混账呀，你生病了我居然都不知道。"宁明烃说着心里一阵难受，眼眶一热，泪水就又流了下来。严梅梅给宁明烃擦去眼泪，苦笑了下，说："不怪你，你工作忙呀。只是女儿还小，父母年岁也大了，不要他们太操心了，女儿你要自己带在身边。"宁明烃点点头，说："好的，你安心养病，家里的事情我会安排好的。"

严梅梅哽咽着说："明烃，我的日子不多了，我自己的病自己知道。其实，很多时候，我感觉非常对不起你，你的心思我知道，我不该这样的。等我们的女儿长大了，你一定得告诉她这点，不要学她妈妈的倔脾气。"

宁明烃的眼泪又簌簌地落了下来，说："别说了。你是个好女人，我一直都很后悔没有好好照顾你，我一直想着，等工作轻松些了一定要好好陪陪你，陪你去看看大海，看看草原，享受一下大自然的美。真的，我知道欠你的太多了，我想等孩子大些了，我们一家子就出去好好玩玩。我想着我们都还年轻，还有很长的时间去规划我们的未来，没有想到有些事情是不能等的。"

"都是命吧，不怪你。"

"真的，没想到，有些弥补也是不能等的，否则，就没有了机会。"

"谢谢你，明烃，你能有这样的想法，不枉我们夫妻一场，我已经很满足了。我很满足在五处跟你相处的日子，那段时间是我最开心的，我们两个都毫无顾忌地打打闹闹，都活得那么真实。"严梅梅抬起没有输液的左手给宁明烃擦拭泪水。又说："其实，我不喜欢过这种相敬如宾的生活，太小心了，会很累。我还是喜欢没心没肺的那个自己，也喜欢你处处制止我的行为，跟我作对，甚至是骂我。我知道那是你在乎，如果什么都不在乎了，就不存在真实了。"

"是我不对，我应该在家多陪陪你的。也许，一切就不是这样的结果了。"宁明烃说。

"不是的，我不喜欢现在的你。"

"那你要我怎样？"

"我要你活成原来的你。"严梅梅也流泪了，"我知道你放心不下她，我也托人打听了，听以前在五处工作的同事告诉我，她还是单身。等我走了后，你就去找她吧，她是个好女人，一定不会亏待我们的女儿。要是你再娶了别人，我还真有点不放心呢。只是没有想到，到最后，还是她赢了。"说着说着，严梅梅又哭又笑了起来。宁明烃泪眼婆娑，用手捂着她的嘴，要她不要再说了。

二

两位老人在公园的林子散步，什么话都不说，面容憔悴，愁云深锁，心事重重的。他们的影子细细长长的，衬着秋日的落叶，显得愈加地凄凉。走了一阵，大概是走累了，他们就在一张长木椅上坐下休息。老妇人从旁边的提包里拿出一张黑白照片来，细细端详着，这是一张年轻女人的照片，虽然有些泛黄、陈旧、模糊，但还是能看出她年轻姣好的面容。旁边的老头子也在一旁看着。两人看了一阵，不觉感慨万千，老头子望着妻子凌乱的白发在风中飞舞，眼眶都湿润了，他说："这么多年，我们做出了多少牺牲。尤其是你，都没有要一个属于自己的孩子，全心全意，含辛茹苦，我们是对得起她的，只是没有想到，真的是命运弄人呀。"

"我们是不是要做好准备，该说的都说了吧。"

"还是再看看吧，我本来是想着自己要离开人世的时候再告诉她。她有知道自己身世的权利，只是没有想到，这孩子太命苦了，居然走在了我们的前面。"

"是呀，让白发人送黑发人，这话还真是不知道如何开口了。"老人重重地叹了口气。

几个月时间过去，严梅梅瘦成一张人皮，连流质的食物也咽不下去了。她闭着眼睛躺着，只有女儿宁晓巧过来看她时，才会睁开眼睛看看她，摸摸她的头，什么话也不说，仿佛一个老得不能再老的老人，已经油尽灯枯，累得没有力气掀开那层薄薄的眼皮。宁明烃也明显地消瘦了许多，每次来到病房，看到两位老人也愈加地衰老了。他们在病房里不是呆坐着，就是站起来围着严梅梅的病床转来转去的，想干点什么，又不知道该干点什么，那种干瘪的空洞和无望折磨着宁明烃的心。每次严梅梅掀开眼皮，两位老人就走过去，嘴巴里面嗫嚅着："梅梅，梅梅……"好像喉管里塞了块什么东西，压住了他们的声带，只能发出蚊子般的声气。两位老人的神情与焦灼，让宁明烃总觉得有些异样，可这些日子以来的煎熬让他身心俱疲，也就没有去细想了。

这天，医生喊宁明烃和严梅梅的父母去办公室谈了话，告诉他们得抓紧了，该要做的事情得要做准备了，该要交代的话也要说了，总之就是把该了的心愿都了了吧。三人听了，都没有说话。

回来的路上，严梅梅的母亲率先打破了这种令人窒息的沉默，说："老头子，不要再犹豫了，梅梅的时间不多了，说不定随时会离开我们，就让她明明白白地去了吧，这样，我们两个也就没有遗憾了。"严梅梅的父亲坚定地点点了头。宁明烃这才想起他们这段时间的异样，便随口问了一句："爸，妈，你们是有什么重要的事情要告诉梅梅吗？"严梅梅父亲说："孩子，是有事情要告诉你们，跟梅梅一起说吧。"

到了病房，严梅梅的父亲握着严梅梅的手，说："梅梅，我是爸爸，有些话想要对你说。"

严梅梅睁开了眼睛，用这段时间攒下的精力打起精神，她看了一下围在床边的亲人，露出了久违的笑容，神情很是平静，也很满足，只是声音很微弱，说："爸爸，我知道自己日子快到头了，都来不及孝敬你们就走了，对不起呀。这一辈子，女儿是太任性了，让你们操碎了心，吃了太多的苦，我心里都清清白白的……"

严梅梅父亲说："孩子，你要挺住，要坚强。今天是想告诉你一个关于你身世的秘密，我们不能太自私了，你有权知道自己的生身父母，知道自己的身世。"他停顿了一下，叫宁明烃端了杯水给他，喝了几口，润了下喉咙。严梅梅和宁明烃都非常吃惊，他们压根儿不知道还有这样的事情。

严梅梅父亲接着说："那个时候，梅梅的父母跟我们是一个战壕的亲密战友。我们都是抗战胜利后组织上安排的革命伴侣，也是同一天安排的集体婚礼。后来，我和梅梅的父亲又同时转入铁道兵，参加了中国人民志愿军铁道工程总队的抗美援朝的战斗。不想梅梅的父亲在这次战斗中英勇牺牲。消息传到国内，梅梅的母亲异常悲痛，此时她已经有了快八个月的身孕。因为悲伤过度，动了胎气，引起了早产，在临盆的时候又逢难产。当时的情况非常危险，如不及时决断，会母子同时丧命。关键时刻，还是梅梅的母亲及时做出了决定，她要求医生保全孩子，说孩子的父亲已经没了，希望保留英雄的后代。她喊我妻子进去，要求我们帮她抚养这个孩子，就当做自己的孩子养，并且跟我们的姓氏。依照她的遗愿，取名严梅梅。为了让梅梅没有疑惑，过上简单和幸福的生活，我们两人决定不再生育孩子。梅梅，你就是我们四个人的孩子,有两个爸爸,两个妈妈,你是幸福的。如今我们也老了,原本是打算等我们要离开这个世界的时候再把真相告诉你……不想,却是……"两位老人忘情地回忆往事,说得泣不成声,泪雨如下。

让人意外的是,严梅梅听了却很平静,她对自己的身世秘密并没有多么地激动,她很平静地接受了这个现实,甚至都没有问自己的父母叫什么名字。也许,活到了人生的尽头,一切都想开了,也更透彻了。严梅梅知道,这个时候,即使知道了,也改变不了什么了。

还是宁明烃好奇地问了句:"梅梅的生父叫什么名字?"

"哦,瞧我这记性。梅梅的生父叫许传六,是穷苦人家出身,自幼习武,有一身好功夫。"

宁明烃听了猛然一惊,"许传六"这个名字是多么地熟悉!好像在哪儿听过。他一拍脑袋,对了,是许汀。许汀在五处的时候经常跟他提到这个名字,讲许传六的传奇故事给他听,许传六是她爷爷的亲兄弟。宁明烃心里一阵激动,刚要张嘴而出,但是看到梅梅平静的表情,又忍住了。他知道,许汀是种在梅梅心里的一根刺呀,这个时候提到她,是有些残酷。

三天后,严梅梅非常平静地去了。两只手掌交叉相握,关节突出,像一只在田野里睡着了的巨大老鼠……

三

严梅梅的灵堂上来了一个人。

他径直走到严梅梅的遗像前,三鞠躬,点香跪拜。两边的亲属你望望我,我望望你,都没有说话。宁明烃正在旁边的铁盘里烧纸,看到有人来吊唁,正要起身去致答谢礼,那人却给了他一个冷背。宁明烃愣了下,突然觉得这人的身形有些熟悉,像是打哪儿见过。宁明烃站了起来,双手合十,身子正准备躬下去,那人又径直拿些纸钱去那边的铁盘里去烧去了。宁明烇被晾在那里，左右不是。

待那人烧了一阵纸，宁明烇这才看清，原来来人是郭向东。

郭向东身着一身藏青色的中山装，上衣口袋里别着一只钢笔，钢笔的螺帽带金属的地方都镀了铜，闪出麦芒的光亮。嘿，还真是显得读了几年书的样子，那架势，开始还以为是哪个机关单位的领导干部，跟以前在工地上满身油污的郭向东判若两人，难怪一下子竟没有认出来。

宁明烇也拿了沓钱纸蹲下来和郭向东一起烧着。这两个男人谁也没有说话，只顾低头烧纸，你一张我一张的，配合得倒蛮默契。铁盘里的纸灰堆得高了起来，一缕缕青烟缭绕着，罩在他们的头顶上。郭向东脸色凄然，眉头紧锁。烧着烧着，他抬头看了一眼严梅梅的遗像，严梅梅的微笑让他心里一痛，还这么年轻呀，人就去了！郭向东把脸一侧，泪水就无声地滑了下来。铁盆里的火苗越窜越高，把他们的脸映衬得红彤彤的，郭向东心绪难平，不禁想起他们一起在五处工作的场景。那个时候，他和严梅梅是同一批新进来的工人，宁明烇和许汀本来就是一对恋人，比他和严梅梅早两年到五处工作，是他们的师兄师姐。严梅梅性格外向活泼，喜欢主动去找宁明烇请教问题，这一来二去的也喜欢上了宁明烇。郭向东是在去单位报到的时候碰见了严梅梅，一头犀利乌黑的短发，两只眼睛又大又圆，闪着光，透着亮。见他过来，抿嘴一笑，主动跟他握了手，还摇了两摇，仿佛他们已是多年未见的老友了。严梅梅的爽朗和热情顿时感染了郭向东，尤其是她有点调皮的笑容，点燃了郭向东心里的火把，就那么一瞬间，莫名地喜欢上了，算是一见钟情吧。让他没有想到的是，严梅梅竟然喜欢上了宁明烇，还坦言说，要跟许汀公平竞争。许汀的性格和家庭出身跟严梅梅刚好是反向的，不喜欢主动找人聊天，矜持、好静、散淡；工人家庭出身，却死要面子，不爱搭理人，给人一种高冷之感。在这样的情况下，她如何能竞争得过热情似火、敢爱敢恨的严梅梅呢？加上严梅梅的父母都是机关干部，有能量，有资源，在现实面前，爱情就是个屁。但郭向东还是努力争取过，想尽各种办法阻挠严梅梅，又苦口婆心地劝导，都没有作用，严梅梅死心塌地地贴上去，硬是把许汀给挤走了。这也是没得办法的事，天要下雨，娘要嫁人，是她的命数。在火苗的映动中，盆子里的火烧得越来越旺，火苗呼啦啦地舔着两人的手背。他们还是自顾自地烧着，谁也不说话。烧了一阵，宁明烇手上的纸烧完了，就伸手去拿郭向东手里的冥钱纸，郭向东把手一偏，不给他。

宁明烇这才开口说："这么大老远地过来，辛苦你了！我没有通知以前的同事，你是怎么知道的？"郭向东正要告诉他，一个礼拜前，听到以前在工地上跟严梅梅要好的一个女同事告诉他，严梅梅生病了，病很重，可能不久于人世，想来看看她，就根据她提供的地址找过来了。不想，还是没能见到她最后一面。这时，那堆烧得高高的纸灰里突然飘了一片烧镀了的薄薄的纸灰出来，正好落在郭向东的头上。宁明烇伸手帮他去拍，郭向东挡开他的手，说："不要动，这是梅梅知道我来了，她来看我的呢。"

"神经病！"

"说谁呢？"

"就是神经病。"

"看在梅梅的份上，今天就不动你的手。"

"不要瞎起劲，别给脸不要脸。"

"还记得当初梅梅跟你走的时候，我跟你干了一架后说的话吗？"

宁明烇不再吭声，把脸扭到一边，那意思是要郭向东识趣些，也要看看是什么场合。郭向东却装着糊涂，依然不依不饶地说着，"要不是看你照顾了梅梅的份上，我一定要揍得你满地找牙。你这个人胚子，伤了许汀的心，又毁了梅梅。真不晓得她们当初是怎么想的，何苦来的。"

"这是她们自己的选择，又碍着你哪里了么？"

"我就是见不得你这么嚣张，害苦了人家，还能这么心安理得，你到底是属什么的呀，还能算得个人么？"

"你今天是故意来捣乱的吧？别以为我怕你，要不是不想惊扰了梅梅，我早就手痒了。"

"瞧你这细胳膊细腿的，还手痒，老子要想跟你干仗，早就把你捏碎了。"

这两个男人蹲在烧纸的铁盆子面前，压低嗓门，嘀嘀咕咕，脸红脖子粗，嘴巴谁也不让谁。

严梅梅的遗像默立在屋正中，微笑地望着这两个喋喋不休的男人……

直到严梅梅的父母过来了，宁明烃和郭向东才停止了嘴巴仗。郭向东看着是个大老粗，心思还是蛮细腻的，见着两位老人，他马上毕恭毕敬地行了礼，又转身拍了拍宁明烃的肩膀，说："明烃，我马上要回去了，这里就交给你了呀，照顾好两位老人，节哀顺变呀，兄弟！"说完就走了，到了门口时，还转身朝宁明烃挥了挥手，大声说："明烃，不要太伤心了，要是有时间，欢迎随时回我们以前工作的地方聚聚，咱们兄弟一醉方休呀。"那架势，就跟真的一样，好像宁明烃就是他郭向东这辈子的生死兄弟，亲兄弟。两位老人都跟着向他挥手，依依不舍的，眼里还涌动着泪花。

宁明烃一脸的复杂，不晓得该笑还是该干嘛，那神情有点哭笑不得。

四

一晃，又是一年时间过去了。宁明烃因为工作干得出色，又有奉献精神，很快就当上了铁道部计划司的司长，经常出席一些重要的会议和活动，人也活泛起来，精神了许多。

在一次烈士追认大会上，宁明烴做为铁道部计划司的领导出席了会议，还发表了讲话。会场有几百人，气氛也很肃穆，宁明烴的发言既深情款款，又慷慨激昂，引得台下一阵阵的掌声不时地响起。宁明烴是很投入的，这些年来，他在工作上兢兢业业，为铁路建设确实付出了许多。女儿交给两位老人带着，都很少回去看她，他是把所有的时间和精力都倾注在工作中了，就连做个报告，开个会议，他都会全身心地把自己融入其中。现在也是这样，他把自己完全融入到会场的氛围中，没有那种高高在上的距离感，每说到同志们时，他总要加上一句"我的兄弟姐妹"。他的亲和力很强，赢得了许多热切和尊重的目光。就在他发挥到了高潮的时候，突然发现会场中间有个人特别地眼熟，但碍于前面的脑袋阻碍了视线，他没有看得太清，只看到是个短头发的女人。就在他要把最后那句煽情的台词冲口而出时，那个短发女人前面的脑袋突然低下头去，好像在地上找什么东西。宁明烴的视线就跟那个短发女人的目光相接了，啊，原来是许汀！还是那么年轻，那么有气质，只是头发剪短了。

宁明烴的手突然抖了下，那句在他心里焐熟的话语怎么也冲不出来了，语速不觉就慢了下来，目光也变得凝滞而沉重，仿佛隐含着什么，说着说着就忘了词。他就端起杯子，左手抬起来扶了扶黑边眼镜，喝了口开水，呛住了的样子，咳嗽两声，再清清嗓子，又继续讲下去。

许汀便低下头去，不再看他。

会议结束后，宁明烴在路上拦住了许汀，说："汀汀，这么多年没见了，你的个性还是老样子，一点也没变，总想着如何躲着我。难道你就没有什么要说的吗？"

"都这么多年没有说话了，还能说什么呢？"

"好吧，是我有话要说，我有很重要的事情要告诉你。"

许汀说："那就在这里说吧。"

宁明烃说:"还是找个安静的地方吧,这里人来人往的,也不好说话。"

许汀就领着他往办公室去。

宁明烃说:"别去那里了,我们还是去找个安静的地方吧。"许汀犹豫了一下,在宁明烃的坚持下,最后还是做出了让步,点了点头。

他们就走到工地后面那片稠密的树林里去了。一路上两人都不说话,到了一片开阔干净的空地,宁明烃说:"就在这里坐着说会话吧。"

许汀坐了下来,宁明烃说:"你怎么把辫子给剪了呢?我刚看到你时,都快认不出了。"

"这么多年了,老了,认不出来也很正常。"

"倒不是老了,你还是老样子,没有多少变化。你留辫子有留辫子的韵味,剪短发有剪短发的好看。但是我还是喜欢你留辫子,很淳朴,很有味道。"

"跟谁都是这么说话的吧?难怪都调到计划司去了。"许汀从鼻子里哼哼了一声。

宁明烃倒也不介意,说:"还记得你以前说你传六爷爷的故事吗?说他的生死都是一个谜吗?"

"你有他的消息?我传六爷爷还活着?"

"不,他已经牺牲了。跟我父亲一样,也是牺牲在抗美援朝的战场上。"

"你怎么知道?"

宁明烃就把严梅梅的事情和严梅梅父母说的话都告诉了许汀……许汀听得目瞪口呆,真是不敢相信,这一切太突然了!这个世界说大也大,说小也小,真是太凑巧了!严梅梅只比她大两岁,竟然是许传六的女儿!在辈分上她还得喊她一声小婶。更让人难以接受的是,还这么年轻,竟然就得了癌症,早早地走了!

许汀想起那次宁明烃和严梅梅来跟她道别的情景,竟然是如许地刻骨，严梅梅没心没肺的笑、敢爱敢恨的倔强，她的音容笑貌仿佛还在昨天。不知道为什么，严梅梅带走了宁明烃，许汀心里竟没有反感和恨，反而有一种轻松和释怀。虽然当时有点难以接受，但随着岁月和生活的磨砺，许汀发现自己根本不适合宁明烃，他们是不同的两个人，最终肯定是不能相交在同一条轨道上的。严梅梅的身世和离去，让许汀既震撼又伤感不已。见许汀沉浸在往事和悲伤中，宁明烃一时不知道说什么好。两人沉默了一会儿。宁明烃说："不敢相信吧，命运就是这样捉弄人。"说着，宁明烃顺手把手搭在许汀的肩膀上。他的动作倒是挺自然的，但许汀的脖子扭来扭去的，好似身上爬了千万只蚂蚁，难受得慌。宁明烃好似没有领会到许汀的难受。没有办法，许汀只得自己动手，把宁明烃的手轻轻地拿了下来。宁明烃有些尴尬地笑笑，说："那个时候我们在一起就是这样的，我喜欢在背后玩你的辫子，把辫子上插满野菊花和碎米花，真美呀！好想回到过去。"

"有些事情不是你想回去就能回去的。"

"听说你一直单身？过得还好吗？"

"就是过日子呗。"

"严梅梅去了后，我也一直单身。"宁明烃说。

"哦，这不……挺好的嘛。"

"我们……我们还能继续吗？"宁明烃问。

"不能！"许汀斩钉截铁地说。

"为什么？"

"不能就不能。"

"总得有个理由吧。"

"如果一定要有个理由，那就是我已经不是之前的许汀了，你也不再是以前的宁明烃。"许汀还是冷冰冰地。

"你变了。不再是那个温柔可亲、善解人意的许汀了。"

"我们都变了，时代也变了，就像铁路建设一样，旧貌换新颜，提速都提了多少次了，谁也不再是从前的自己了。"

"不！我一直没有改变，我还是以前的我，尽管那个时候我跟着严梅梅回到了她的城市，但我心里无时不刻地思念着你！"宁明烃突然低吼一声，把许汀吓了一跳。

"要不是我心里一直放不下你，严梅梅也不会这么早就离开了人世。她的病也会及时发现和治疗。是我害死了她！"宁明烃用手捶打着自己的脑袋。"我真是混账！我同时辜负了两个女人。"许汀静静地看着眼前这个男人狠狠地撕扯着自己的头发。

"你怎么不说话？"

"我能有什么可说的呢？人生和道路都是你自己选择的。"

"汀汀，你不知道，我当时经历着怎样的痛苦折磨。自从亲眼看到了老曹的牺牲，经历了那么多次的隧道塌方，我几乎每个晚上都不敢睡着，我无法入睡，精神都要崩溃了。我到你住的地方去看你，远远地看着你忙进忙出，但我不敢告诉你这些，我又回去了。后来，严梅梅来找我，告诉我只要跟着她回去，她父母会给我安排一个市政府的工作，同样可以为我们的铁道事业作贡献，只是岗位不同而已。你不知道我当时的那种状态，不赶快换个工作环境，我真的会死的。"

"我没有怪你，你有你的选择，我有我的人生。各自安好就行。"

"这边的会议结束了，我马上要回去了。可是，我不能忘记你，你说，该要怎么办呢？"宁明烃盯着许汀的脸，可惜，他没有捕捉到任何表情的变化，这让他有些失望，他以为许汀会跟他一样心潮澎湃，重温过去。"汀汀，你本来就是我的新娘，我给许班长的那匹订婚的花布还在他那边呢，那是我们感情的信物，我们结婚吧。"

"不可能了，有些东西一旦失去就永远失去了，不可能再要回来了。再说，我已经心有所属了。"许汀淡淡地说。

"不要骗我，我知道你一直单身。"宁明烃说着，用力摇晃着许汀。

许汀拉开宁明烃的手，不想再说了，她站了起来，准备离去。宁明烃猛地从背后抱住了她。许汀挣扎不脱，就说："快放开我，不然我要喊人了。"宁明烃搂着许汀的腰肢，猛地一个旋转，两个人就面对面了。许汀刚要说话，宁明烃把眼镜摘了下来，塞进衣兜里，他的嘴巴贴过去，吻住了许汀不放。许汀被宁明烃的双手搂得紧紧的，动弹不得，就咬了宁明烃的舌头，宁明烃这才松开了她。这一口也咬得重，舌头被咬破了，一道血痕从宁明烃的嘴巴边流了下来。他用手抹去那道殷红的血，愣愣地望着许汀。

　　许汀定定地望着宁明烃，一字一句地说："我是有自己喜欢的人了。就是没有，我情愿一辈子单身，也不会跟你结婚！"许汀眼神里的轻蔑让宁明烃不由自主地后退了一步，但他仍然不甘心，又向前一步，抱着许汀说："他是谁？快告诉我，不然，我不会相信这是真的。"

　　许汀挣扎着推开宁明烃，用力甩了他一个响亮的巴掌。宁明烃用手捂着火辣辣的脸，愣了一下，他不敢相信那么温顺的许汀竟然毫不留情地对他动粗，这是他万万没有想到的。要知道，他已经不是以前的宁明烃了呀，以他如今的身份和地位，怎么能受得了许汀这般的蔑视和尊严践踏！宁明烃越想越生气，胸口剧烈地起伏着。看着宁明烃铁青的脸，许汀转身就跑。不料，很快就被宁明烃追上了，宁明烃抓住许汀的胳膊，用力一甩，许汀一个趔趄，迎面撞到前面的一棵大树上，又四仰八叉地摔倒在地。宁明烃赶紧去扶许汀起来，嘴里说着："对不起，我不是故意的。"却发现许汀没有反应，宁明烃吓了一跳，用手放她的鼻孔探了探，还好，呼吸正常，又察看了一下头部，还好没有出血，应该是撞到哪里，昏迷过去了。宁明烃把许汀搂在怀里，喃喃地说："许汀，你不要怪我，我不是故意的，是你逼我的。你不知道，虽然我跟严梅梅回去了，可是这么多年，我的心都系在你的身上呀。"宁明烃伤心不已，泪水横流，他想起了严梅梅在住院的时候，医生告诉他，梅梅的病情跟她的心理压力有很大的关系，长期的抑郁，得不到排解，加上他很少关心她，各种综合因素导致了严重的后果。如果他这个做丈夫的经常在身边，梅梅的病就不会发展到致命的地步，这一切的发生，他都有着不可推卸的责任。那个时候，他经常对梅梅使用冷暴力，为的就是不想让她发现他的心里还没有放下许汀。一点点鸡毛蒜皮的事情，都会成为他不开口说话的理由。他了解严梅梅，心里是藏不住话的，要她几天不说话，比什么都要难受，而宁明烃是经常给她一个月的冷冻期，任严梅梅怎么想办法，用她那颗火热的心去溶解，都很难消融他这块坚冰。他又想起了与许汀一起在五处的田野上看落日，许汀的头靠在他的肩上，落日的余晖把他们的脸庞映得红红的，像是罩上了一层金色的箔锡，光亮而透明。许汀的马尾辫上被他缀了各种颜色的野花，好看极了！他们一起被这一天中最后的霞光亲吻和涂抹着，真美呀！当那轮落日沉入寂静的山林后，他们就依偎着回去了，一路上都没有说话，许汀挽着他的胳膊，是那样的自然，脸上洋溢着满足的微笑，这一切多么美好呀！

　　宁明烃看着怀里一动不动的许汀，心里涌动着阵阵波涛，严梅梅临死前的嘱托音犹在耳，让他在爱恨交织中痛苦不已，他的泪落在许汀的脸上，喃喃低语着：汀汀，我不相信你心里有别人。我知道自己当初选择跟梅梅回去，伤了你的心。但我知道，你心里是有我的，不然也不会这么多年还不结婚。"宁明烃将许汀紧紧地搂在怀里，低头吻着她脸上的泪，不觉全身突然沸腾起来，他解开了许汀的衣服，喃喃自语着："汀汀，这下你总不会逃了吧，我一定要你做我的新娘，你只能是我的新娘！"

　　宁明烃在不能自已中做了他想做的事情，发现许汀竟然还是处女之身，这让他又无限爱怜，禁不住又亲了她一下，把她抱了起来，准备带她回去。许汀这时发出了痛苦的呻吟，醒了过来，她睁眼看到宁明烃抱着她，就挣扎着大喊了一声"救命呀！"宁明烓吓得赶紧捂住她的嘴巴,把她又重新放在地上,说,"汀汀,别喊呀,我是送你去医院的呀。"

有人听见了喊声。很快,一群人远远地从这边过来,许汀又喊着救命,宁明烓不知如何是好,又怕这些人看到他的狼狈,只好仓皇而逃。

五

许汀好像失忆了,每天闷在屋里,一整天发呆。各条线上的工程师、班长、技术员、工人,都陆续过来看她。许汀开始还见几个人,后来就不肯开门了,谁也不想见,也不想说话。许班长听到了消息,心急火燎地赶了过去,可是许汀也没有反应,不愿意说话。许班长见女儿这个模样,也不敢当面提及这件事情,更不敢问许汀,那人是谁,怕刺激到她。只得在没人的地方,狠狠地骂道:"这个天杀的,老子要是知道了他是谁,会剐了他的皮不可!"

一段时间后,大家见许汀日渐憔悴,怕她想不开,闷出个好歹来,就建议许汀去北京疗养一段时间。许汀也想出去走走,也许换个环境,心情会舒畅些吧,就听了领导和工友的安排。

这天,许汀就按照行程出发了。列车上,许汀听着列车播音员甜美嗓音的播报,感受着铁轨的撞击声从轻到重,从慢到快,最后所有的杂音碰撞成一首铁轨之歌,列车如一条长龙蜿蜒而去……许汀望着窗外的山川、河流、城市、田野快速地往后退去,她脑海里的那些熟悉的场景也在放映般一个个蹦跳出来——她仿佛看到了自己第一次走上铁路工地的时候,铁路工人正在热火朝天地干活,他们挥舞着挖锄铁锹,挖土的,推车的,装车的,抬机器的,好不热闹。那两条并列的铁轨像一对相依相伴的情侣一样肩并肩地延伸下去,中间横卧的枕木好像是他们一路奔跑生下来的孩子。它们像一个完美的家庭,筋骨相连,风雨同舟,不离不弃……许汀又想起了一个跟她差不多大的男工友,斯斯文文的样子，戴着副黑边近视眼镜，站在那根刚刚固定好的轨道上，对她说："我们就是这两根肩并肩的铁轨，谁也不能抛下谁。"许汀咯咯地笑着说："你不像那根笔直伸展的铁轨，倒像轨道上黑山羊拉的羊屎粒粒。"正好有当地的牧人赶着一群羊经过轨道，羊咩咩地叫唤着，好像在呼应着许汀的话。他就去打许汀的屁股，嘴里喊着："叫你调皮，叫你调皮。"许汀便泥鳅一样溜开去。风把他们的头发扬得高高的，把他们的笑声传得很远很远，周围干活的人们笑嘻嘻地看着这对打闹的年轻人，给他们让道，开着他们的玩笑，说很快就要有喜酒喝了。

恍惚中，她又看到伙房里，一帮年轻人在揉面做馒头包子，站在自己身边的那个斯斯文文的戴着眼镜的高个子，干活总开小差，把手中的湿面粉坨坨不是揩在她的鼻子尖尖上，就是点到她的额头上，惹得大伙捧腹大笑。他做包子的时候总是把盐当成糖放在包子里，干活总返工，许班长就笑着批评他，说他是干办公室的料子，不应该在待在伙房里面。这人也是不经夸的，就真的写了好多东西，还给她写了封求爱信，在五处弄得沸沸扬扬的。他们两个年轻人在这样艰苦的环境里工作，也不觉得苦，也很乐意成为大家的开心果。在下工的时候，这个人又帮那些不识字的工友读寄来的家书，又铺开笔墨，听工友们口述，帮他们一一回信。他们在晴天的时候，总喜欢一起去看落日，他会悄悄地采一捧野花，别在她的马尾辫上。下雨天他们也不会闲着，会在伙房里帮忙，用面粉做各种形状的包子，教那些不识字的工友读书和写字……

多么纯朴的一个人呀！多好的一个同志！许汀突然叹息一声，窝了许久的一眶热泪终于喷涌而出。她想起了那天在树林里的一幕，那种刻骨铭心的疼痛是再也抹不去了。是呀，他说得对，命运弄人呀！她又想起了他们四个年轻人在五处的日子，严梅梅总跟着宁明烃跑，郭向东又是严梅梅的跟屁虫，本来是在不同的组，干活的时候又不知不觉地都搅合到了一起。严梅梅并不可恶，她是那种明晃晃的人，不会在背后捅刀子。郭向东呢，是个死实又皮实的人，任严梅梅怎么骂他，怎么嘲讽他，他都不离不弃，死守不放。宁明烃也许就跟他自己说的那样，受不了那种生离死别的煎熬吧。离别的那天，他们都有着自己内心的酸楚，但也都接受了现实。人生就是这样，一旦作出了选择，就要义无反顾地走下去。可是，宁明烃又要倒回来找她，他怎么又要背叛自己的选择呢？许汀绕来绕去地想着，分析来分析去，脑袋都绕痛了，又觉得有点累，不想去想了，一脑袋的浆糊事。

唉，人都有自己过不去的坎吧。但坎归坎，生活归生活。就像自己，自从宁明烃离开五处后，就什么都放下了，一身轻松，哪来那么多的"抽刀断水水更流"呀。生活总是向前的，人也得跟着生活向前走。要说孰对孰错，又哪能扯得清楚呢。人总是变化的，变得好与不好，都只是给对方的一种感觉。也许谁也没有错，都得先为自己活着，谁也不愿这样的事情发生，但既然已经发生了，就让它过去吧，不必为难自己，也不要为难别人。许汀想着想着，就闭上眼睛睡着了，她真的累了，不愿再多想了。

六

宁明烃回去后，有很长一段时间心绪不能平静。许汀的轻蔑与反抗，让他感到了耻辱。清醒下来的宁明烃越来越厌恶自己，冲动真的是魔鬼呀！他明明是情愿伤害自己也不肯伤害许汀的呀，当时真是着了魔了。

于是，宁明烃又开始失眠了，每天如坐针毡，夜不能寐。他回来后，照常上班，几个月了，也没有人来找过他，许汀应该没有把他说出来。宁明烃左思右想，觉得这事既然已经发生了，迟早都要去面对的。最后，他把心一横，决定去面对许汀，接受许汀给他的任何惩罚。

宁明烃先给许班长打了电话，想向他请罪。电话接通后，许班长问他找谁，宁明烃说："许班，我……我是明烃呀……许汀，她还好吗？"他吞吞吐吐地，正要道出事情的原委，不想许班长打断他说："哦，明烃呀，你也知道了许汀的事情呀，她还好，就是不想说话，谢谢你还关心着她呀。"许班长的话让宁明烃知道了许汀真的是谁也没有告诉，连许班长都不知道，许汀心里是怎么想的呢？宁明烃脑袋里快速地运转着，许汀应该是在保护他，或是觉得事情既然已经发生了，又是自己以前的恋人，都又是单身，是不是给自己的一次补救的机会呀？到如今这种情况，宁明烃应该是许汀结婚的最佳人选，毕竟他们曾经相爱过，彼此了解，有感情基础。宁明烃思忖着，就跟许班长扯了些其他的事情，然后表示想要迎娶许汀，要他放心，他会照顾好许汀一辈子，给她幸福。不想许班长一口拒绝了，他对宁明烃说："我知道你的好意，你是听说了许汀被坏人伤害了，才来提亲的吧。许汀不是那种需要怜悯的人，如果真心喜欢她，就多安慰她，遵从她自己的意愿吧。"隔着话筒，宁明烃的脸腾地烫了起来。

宁明烃还是没有勇气向许班长坦白一切。

几天后，宁明烃又来到了五处。在宿舍空坪上走来走去，几次走到许汀的房门口了，想要举手敲门，又退了回来。他在那里走来走去，抓头搔耳，犹犹豫豫，不知道该怎么办。

正当他不知意欲何为时，碰见了一个熟悉的人。

这个人是郭向东。

真的是冤家路窄！宁明烃愣愣地望着郭向东，一时还没有反应过来。倒是郭向东大方地走过去跟他握手，说："哎呦，哪阵风把这么大的领导给吹来了？"瞅着他这神态，应该也没有敌意，宁明烃就跟他握了手，又在西服内袋里掏了包烟出来。他把烟塞在郭向东的手上，说："给，我是不抽烟的，兜里准备着，也是给吸烟的人发的。都给你吧。"

郭向东毫不客气地接了，说："你当这么大的官，不抽烟，可惜了。其实，我知道这烟是别人送给你的，你出来还用自己去买烟么？我也借借光，不抽白不抽。"

宁明烃没有跟他贫嘴，只是说："向东，我有些话想问你，我们去走走吧。"

"我知道你来找我干嘛的，走吧，边走边说吧。"

"瞎说，你又不是神仙。"

"我知道你是来了解许汀的情况的，想知道是谁伤害了她。我们也一直在追查此事，谁也不知道那个坏蛋是谁。许汀好像不记得当时的事情了，问她什么都是摇头。"

"唔，哦……"

"要是查出来那个坏蛋，不管他是谁，我非得把他大卸八块不可，不然心里不得痛快。"

宁明烃打了个冷颤，凉飕飕的，脸色沉了下来，说："你又不跟他有仇，许汀也不是你喜欢的女人，你就这么仇恨他？"

"瞧你说的这话，这境界哪里去了？你以为只有你痛恨他呀，自私、狭隘、偏见。"

"难不成铁路上所有人都把这人当仇人了？"

"当然了，许汀是咱们铁路上的姊妹，又是工程师，还是秦多安的未婚妻子，他们都给咱们铁路事业作出了巨大贡献的。这么好的女人给毁了，这人罪不可恕，要是我逮住了他，一定要把他送上审判台。"

"秦多安？是在坦桑尼亚援建时因公殉职的秦工程师吗？"

"是的。许汀在他的葬礼上剪下了自己的辫子，并发誓终生不嫁。"

"这些，我怎么都不知道呀？"宁明烃猛然觉得脑袋一阵轰隆隆的雷声压过，脖子上有刀锋掠过的寒意。他想起在严梅梅生病住院的时候，接到一个电话，说秦多安因公殉职了，骨灰送回国了，要他去参加他的追悼大会，当时严梅梅的病也愈加地严重，日子也进入了倒计时的时刻，宁明烃就推辞了，没有去参加。

"许汀跟秦工啥时好上了？"

"你跟严梅梅回去后吧，他们经常在一起工作，探讨勘测地质和设计图纸的事情，两人就有了好感了吧。"郭向东说。

宁明烃感觉脚下的大地摇晃起来，让他站不稳当。郭向东赶紧扶住了他，问："你怎么啦？"

"没事，我可以走。"宁明烃发出谁也听不见的声音，他用手推开郭向东，像个醉汉一样摇摇晃晃地离去。

郭向东呆呆地望着宁明烃的背影，若有所思。他感觉许汀的事给了宁明烃巨大的打击，毕竟是心上人嘛，这样的事情发生在谁身上谁都会受不了吧。郭向东又哪里知道，宁明烃喊他的目的，其实是想要他陪着去见许汀的，宁明烃不知道许汀已经去北京疗养去了。他太了解许汀了，许汀颜面很薄，当着外人的面，许汀也不会让他多么难堪。而听了郭向东的这些话，他知道这一切都已经不可能挽回了，许汀永远也不会原谅他，所有人不会原谅他，他自己甚至也不能原谅自己了。

宁明烃走到大门口的时候，回过头来，望着郭向东说："我是个罪人，有罪的人！"

郭向东远远地立在宁明烃的背后，这是从严梅梅去世后，他们第一次这么友好地谈话，他还没有回过神来，听见宁明烃没头没脑地丢下这么一句话，就这样走了。望着宁明烃摇晃的身躯，和那遽然老去的背影，郭向东怎么也看不懂，他怎么也不能明白，一个人的悲伤，可以在瞬间老去。

七

这是一个冷得出奇的冬天，又是一个非同寻常的冬天。迎接千禧年嘛，总与往常有着不同的意味，雪比往年都要下得大，树上的冰凌一根根长长地扎下来，像孙悟空手上舞得密不透风的如意金箍棒，一根根晶莹剔透，闪闪发亮。

年关将至。再冷的天，人们也抑制不住过年的喜悦和兴奋，红红的对联早早地贴上了，红灯笼也挂好了，小孩子崭新的红棉袄也上身了，在这天地一色的纯白世界中，滚动着红红火火的欢乐。

　　宁明烃一个人守着电视，直到电视也晚安了，他的眼皮也耷拉下来，打起瞌睡了。睡到半夜的时候，宁明烃仿佛看到自己和许汀在山后面的那个林子里看夕阳，许汀的脑袋搁在他的肩膀上，他用手当梳子帮许汀梳理那条长长的辫子，阳光照在他们身上，很是暖和。看着看着，太阳便像个红铁圈一样滚没了。他就拉起许汀的胳膊，准备回去。走到一半的路上，许汀突然跑了起来，跑得飞快，宁明烃在后面追，怎么追也追不上，跑得满头大汗，气喘吁吁。这时，他看到许汀的身影拐进了前面的那片树林里，一下子就没影了。天马上就黑了，像一口倒过来的黑锅，突然之间，什么都看不见了。宁明烃便大声喊着："许汀，你在哪里？"没有人回应，四周的黑如潮水般涌来，他试着闭上眼睛，开始调整心息，把咚咚乱跳的心脏安抚下来。这个法子很好，心果然慢慢平静了下来，宁明烃便睁开了眼睛，这时又有了光线了，朦朦胧胧的，月亮在树林上方隐隐约约。宁明烃便大步流星地走回去，走着，走着，他好像又看见了许汀，她从前面的树林里又走了出来。宁明烃向她招手，喊着："我在这里，快过来。"许汀听见声音，像头活蹦乱跳的兔子朝宁明烃跑过来，宁明烃一把搂住冲过来的许汀，笑着说："这下可抓住你了，看你还往哪里跑。"可是，他马上就笑不起来了，他看到许汀的辫子突然不见了，变成了一头短发，等许汀抬起头来，宁明烃看到的却是严梅梅病中的那张惨白的面孔。宁明烃吓得大叫一声，翻身坐起，汗如雨下。宁晓巧听见声音，走过来了，说："爸爸，你怎么啦？我也害怕！"

　　宁明烃又陷入了以前的梦魇里了，他已经多次做这样可怕的梦了，每次在梦里不是面对着从前的死亡就是面对已经死去的身边人，搅得他的心魂不得安宁，他已经严重失眠了。这一夜，宁明烃搂着宁晓巧躺在床上，睁着眼睛，望着天花板，一夜未眠。他开始认真地思考自己的人生，感到自己从一开始就选择错了人生道路，可是人生不可能重新洗牌，一切不会从头再来。

没有人想到。宁明烃选择了这个国人欢乐的喜庆时刻，写下了两封遗书，留在书房里。他把宁晓巧送去了严梅梅父母的住处，告诉他们，要他们照顾好巧巧，他要出差去了。

　　这天夜里，所有的人都在守着电视看新闻，看晚会，等待那激动人心的时刻，当零点的钟声敲响，烟花齐放，一片欢腾，到处是欢乐的海洋。

　　天空的雪花还在飞舞，一片片，一瓣瓣，就像一只巨大的笔，那么一挥，天地都是雪白的了。道路、田野、树木、城市都变成了白色的雕塑。

　　宁明烃站在冰冷的轨道上，闭着眼睛，脑袋里面浮现出以前在五处时跟许汀一起工作、一起生活的场景，一切都是多么美好呀！还有那留在记忆深处的落日黄昏……宁明烃的眼角流出了泪水，当那遥远的汽笛声响起时，他听到了熟悉的撕心裂肺的哭喊声。是晓巧！她奔跑过来，哭喊着"爸爸！"汽笛声越来越近了，再不离开，晓巧也会被列车碾成血泥，宁明烃突然清醒过来，他发疯般地跑过去，抱起宁晓巧，离开了列车轨道。就在这千钧一发的时刻，列车呼啸而来，从他们身边咣当咣当地飞驰而去。

　　在这天地一色的空旷中，宁明烃搂着宁晓巧的身子，像落在雪地上的一大一小的两片落叶。

　　站台上，宁明烃隐约看到两个人的身影相互搀扶着。走得近了，才看到是严梅梅的父母，寒风把他们的满头银丝高高飘起，如一缕白色的青烟，那么孤独，那么无助。他们一起向宁明烃招手，大声喊着："明烃，巧巧，我们一起回家过年吧！"宁明烃的泪水喷涌而出，多么善良的老人呀，在他们面前，自己永远是个孩子，永远被谅解，被爱包围。而这个家，还回得去吗？那根挺起的脊梁，还能再缺席吗？

　　汽笛声远去，在天地间纵身而过的列车，如一条蛟龙，时而蜿蜒而上，时而匍匐向下，时而欢畅，时而呜咽……

名家小写——文集

ISBN 978-7-5596-7905-5

定价：65.00元